天変動く大震災と作家たち

インパクト選書—5

悪麗之介［編・解説］

インパクト出版会

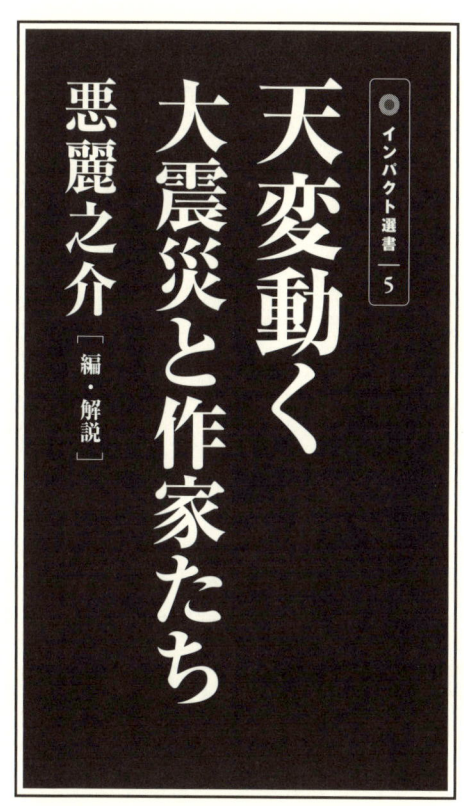

I　一八九六年――三陸沖大津波

Ⅱ 一九二三年──関東大震災

カバー装画 下地秋緒「無題（燃え上がる都市）」二〇〇三年、銅版画。

I

一八九六年——三陸沖大津波

凡例——津波篇

一、この第Ⅰ部では、一八九六年（天皇の暦でいえば明治二十九年）六月十五日に、岩手県を中心に北海道から宮城県まで広く三陸地方沿岸部を襲った「三陸沖大津波」をテーマとした小説、ルポルタージュ、インタヴュー、エッセイなどを集めた。出典および底本については、巻末の「解説」を参看されたい。

一、この時期の表現は、擬古文もしくは雅俗折衷体から言文一致体への転換期にあって、現在の若い読者にはなじみがないと思われるので、原文を尊重しながら、以下の方針で校訂した。

a、作品本文については、原則として新字・新かなに統一し、変体がな、踊り字も使用を避けた。一部の漢字については拡張新字体を用いているが、ひらがなを漢字に直すことはしていない。

b、明らかな誤字、脱字、衍字は改め、脱字を補った。〔 〕は編者による註もしくは補足である。

c、ルビは必要と思われるものだけを新かなで生かし、編者によるものは〔 〕で括った。

d、句読点および改行は原則として原文通りだが、適宜補った作品もある（例、「海嘯遭難実況談」）。

e、副詞、接続詞、指示語をはじめ、文体を損ねない程度にひらがなに開いた漢字がある。

f、送りがなはできるかぎり原文を尊重したが、複合動詞の前項動詞についてなど、送りを整理した作品もある（例、打出る→打ち出る）。

g、短詩型は右の限りではない。

一、いわゆる「不適切な表現」も改編することはしていない。

津浪と人間

寺田寅彦

昭和八年三月三日の早朝に、東北日本の太平洋岸に津浪が襲来して、沿岸の小都市村落を片端から薙《な》ぎ倒し洗い流し、そうして多数の人命と多額の財物を奪い去った。明治二十九年六月十五日の同地方に起ったいわゆる「三陸大津浪」とほぼ同様な自然現象が、約満三十七年後の今日再び繰返されたのである。

同じような現象は、歴史に残っているだけでも、過去に於《お》いて何遍となく繰返されている。歴史に記録されていないものがおそらくそれ以上に多数にあったであろうと思われる。現在の地震学上から判断される限り、同じ事は未来においても何度となく繰返されるであろうということである。

こんなに度々繰返される自然現象ならば、当該地方の住民は、疾《とう》の昔に何かしら相当な対策を考えてこれに備え、災害を未然に防ぐことが出来ていてもよさそうに思われる。これは、この際誰しもそう思うことであろうが、それが実際はなかなかそうならないというのがこの人間界の人間的自然現象であるように見える。

学者の立場からは通例次のようにいわれるらしい。「この地方に数年あるいは数十年毎に津浪の起るのは既定の事実である。それだのにこれに備うる事もせず、また強い地震の後には津浪の来る恐れがあるという位の見易い道理もわきまえずに、うかうかしているというのはそもそも不用意千万なことである。」

しかしまた、罹災者《りさいしゃ》の側にいわせれば、また次のような申し分がある。「それほど分かっている事なら、何故津浪の前に間に合うように警告を与えてくれないのか。正確な時日に予報出来ないまでも、もうそろそろ危ないと思ったら、もう少し前にそういってくれてもいいではないか、今迄黙っていて、災害のあった後に急にそんなことをいうのはひどい。」

すると、学者の方では「それはもう十年も二十年も前に疾に警告を与えてあるのに、それに注意しないからいけない」という。するとまた、罹災民は「二十年も前のことなどこのせち辛い世の中でとても覚えてはいられない」という。これはどちらのいい分にも道理がある。つまり、これが人間界の「現象」なのである。

災害直後時を移さず政府各方面の官吏、各新聞記者、各方面の学者が駆付けて詳細な調査をする。そうして周到な津浪災害予防案が考究され、発表され、その実行が奨励されるであろう。

さて、それから更に三十七年経ったとする。その時には、今度の津浪を調べた役人、学者、新聞記者は大抵もう故人となっているか、さもなくとも世間からは隠退している。そうして、今回の津浪の時に働き盛り分別盛りであった当該地方の人々も同様である。そうして災害当時未だ物心のつくか付かぬであった人達が、その今から三十七年後の地方の中堅人士となっているのである。三十七年といえば大して長くも聞こえないが、日数にすれば一万三千五百五日である。その間に朝日夕日は一万三千五百五回ずつ平和な浜辺の平均水準線に近い波打際を照らすのである。津浪に懲りて、はじめは高いところだけに住居を移していても、五年たち、十年たち、十五年二十年とたつ間には、やはりいつともなく低いところを求めて人口は移って行くであろう。そうして運命の一万数千日の終りの日が忍びやかに近づくのである。鉄砲の音に驚いて立った海猫が、いつの間にかまた寄って来るのと本質的の区別はないのである。

これが、二年、三年、或《あるい》は五年に一回はきっと十数米《メートル》の高波が襲って来るのであったら、津浪はもう天変でも地異でもなくなるであろう。

風雪というものを知らない国があったとする、年中気温が摂氏二十五度を下る事がなかったとする。それがおおよそ百年に一遍位一寸《ちょっと》した吹雪があったとすると、それはその国には非常な天災であって、この災害はおそらく我邦の津浪に劣らぬものとなるであろう。何故かといえば、風のない国の家屋は大抵少しの風にも吹き飛ばされるように出来ているであろうし、冬の用意のない国の人は、雪が降れば凍《こ》ごえるに相違ないからである。それ程極端な場合を考えなくてもよい。いわゆる颱風《たいふう》なるものが三十年五十年、即《すなわち》日本家屋の保存期限と同じ程度の年数をへだてて襲来するのだったら結果は同様であろう。

夜というものが二十四時間ごとに繰返されるからよいが、約五十年に一度、しかも不定期に突然に夜が廻り合せてくるのであったら、その時に如何なる事柄が起るであろうか。おそらく名状の出来ない混乱が生じるであろう。そうしてやはり人命財産の著しい損失が起らないとは限らない。

さて、個人が頼りにならないとすれば、政府の法令によって永久的の対策を設けることは出来ないものかと考えてみる。ところが、国は永続しても政府の役人は百年の後には必ず入れ代わっている。役人が代わる間には法令も時々は代わる恐れがある。その法令が、無事な一万何千日間の生活に甚だ不便なものである場合は猶更《なおさら》そうである。政党内閣などというものの世の中だと猶更そうである。

災害記念碑を立てて永久的警告を残してはどうかという説もあるであろう。しかし、はじめは人目に付きやすいところに立ててあるのが、道路改修、市区改正等の行われる度にあちらこちらと移されて、おしまいにはどこの山蔭《やまかげ》の竹藪の中に埋もれないとも限らない。そういう時に若干の老人が昔の例を引いてやかましくいっても、例えば「市会議員」などというようなものは、そんなことは相手にしないであろう。そうしてその碑石が八重葎《やえむぐら》に埋もれた頃に、時分はよしと次の津浪がそろそろ準備されるであろう。

昔の日本人は子孫のことを多少でも考えない人は少なかったようである。それは実際いくらか考えばえがする世の中であったからかもしれない。それでこそ例えば津浪を戒める碑を建てておいても相当な利目《ききめ》があったのであるが、これから先の日本ではそれがどうであるか甚だ心細いような気がする。二千年来伝わった日本人の魂でさえも、打砕いて夷狄《いてき》の犬に喰わせようという人も少なくない世の中である。一代前のいい置きなどを歯牙《しが》にかける人はありそうもない。

しかし困ったことには「自然」は過去の習慣に忠実である。地震や津浪は新思想の流行などには委細かまわず、頑固に、保守的に執念深くやって来るのである。紀元前二十世紀にあったことが紀元二十世紀にも全く同じように行われるのである。科学の方則とは畢竟《ひっきょう》「自然の記憶の覚え書き」である。自然ほど伝統に忠実なものはないのである。

それだからこそ、二十世紀の文明という空虚な名をたのんで、安政の昔の経験を馬鹿にした東京は大正十二年の地震で焼払われたのである。

こういう災害を防ぐには、人間の寿命を十倍か百倍に延ばすか、ただしは地震津浪の週期を十分の一か百分の一に縮めるかすればよい。そうすれば災害はもはや災害でなく五風十雨の亜類となってしまうであろう。しかしそれが出来ない相談であるとすれば、残る唯一の方法は人間がもう少し過去の記録を忘れないように努力するより外《ほか》はないであろう。

科学が今日のように発達したのは過去の伝統の基礎の上に時代時代の経験を丹念に刻明《ママ》に築き上げた結果である。それだからこそ、颱風が吹いても地震が揺《ゆす》ってもびくとも動かぬ殿堂が出来たのである。二千年の歴史によって代表された経験的基礎を無視して他所《よそ》から借り集めた風土に合わぬ材料で建てた仮小屋のような新しい哲学などはよくよく吟味しないと甚だ危いものである。それにもかかわらず、うかうかとそういうものに頼《た》よって脚下の安全なものを棄てようとする、それと同じ心理が、正しく地震や津浪の災害を招致する、というよりはむしろ、地震や津浪から災害を製造する原動力になるのである。

津浪の恐れのあるのは三陸沿岸だけとは限らない、宝永安政の場合のように、太平洋沿岸の各地を襲うような大がかりなものが、いつかはまた繰返されるであろう。その時にはまた日本の多くの大都市が大規模な地震の活動によって将棋倒しに倒される「非常時」が到来するはずである。それは何時《いつ》だかは分らないが、来ることは来るというだけは確《たしか》である。今からその時に備えるのが、何よりも肝要である。

それだから、今度の三陸の津浪は、日本全国民にとっても人ごとではないのである。

しかし、少数の学者や自分のような苦労症の人間がいくら骨を折って警告を与えてみたところで、国民一般も政府の当局者も決して問題にはしない、というのが、一つの事実であり、これが人間界の自然方則であるように見える。自然の方則は人間の力では枉《ま》げられない。この点では人間も昆虫も全く同じ境界《きょうがい》にある。それで吾々も昆虫と同様明日の事など心配せずに、その日その日を享楽して行って、一朝天災に襲われれば綺麗にあきらめる。そうして滅亡するか復興するかはただその時の偶然の運命に任せるということにする外はないという棄《す》て鉢《ばち》の哲学も可能である。

しかし、昆虫はおそらく明日に関する知識はもっていないであろうと思われるのに、人間の科学は人間に未来の知識を授ける。この点はたしかに人間と昆虫とでちがうようである。それで日本国民のこれら災害に関する科学知識の水準をずっと高めることが出来れば、その時にはじめて天災の予防が可能になるであろうと思われる。この水準を高めるには何よりも先ず、普通教育で、もっと立入った地震津浪の知識を授ける必要がある。英独仏などの科学国の普通教育の教材にはそんなものはないという人があるかもしれないが、それは彼地には大地震大津浪が稀なためである。熱帯の住民が裸体《はだか》で暮しているからといって寒い国の人がその真似をする謂《い》われはないのである。それで日本のような、世界的に有名な地震国の小学校では少くも毎年一回ずつ一時間や二時間位地震津浪に関する特別講演があっても決して不思議はないであろうと思われる。地震津浪の災害を予防するのはやはり学校で教える「愛国」の精神の具体的な発現方法の中でも最も手近で最も有効なものの一つであろうと思われるのである。

(追記) 三陸災害地を視察して帰った人の話を聞いた。ある地方では明治二十九年の災害記念碑を建てたが、それが今では二つに折れて倒れた儘《まま》になってころがっており、碑文などは全く読めないそうである。またある地方では同様な碑を、山腹道路の傍で通行人の最もよく眼につくところに建てておいたが、その後新道が別に出来たために記念碑のある旧道は淋《さび》れてしまっているそうである。それからもう一つ意外な話は、地震があってから津浪の到着するまでに通例数十分かかるという平凡な科学的事実を知っている人がかの地方に非常に稀だということである。前の津浪に遭った人でも大抵そんなことは知らないそうである。

問答のうた

森　鷗外

詩人　我櫃にをさめおきたる玉あらばはこび出でむを玉はあらでたゞ涙のみ乱れおつ

ふみや　我手にはみだれて落るその涙玉にぬくべき緒こそあれ君鮫人にあらずとも

丙申の夏日

しぐれのやの主人題す

火と水（抄）

大橋乙羽

　地震、雷、火事、親父とは、京童《きょうわらんべ》の諺《ことわざ》なりけり。しかも陸奥《みちのく》には、これに優《まさ》れる怖きものありて、地獄の責苦も物の数かは。那須山、磐梯山、吾妻山には、この開化の世にも、白き煙の立ち靡《なび》きて、雲にあらず、霞にあらず、その果《はて》知らぬ人の身の、定めなきを見よとてや、麓《ふもと》の幾村か埋《うず》め尽して、なお松青く、水の白きあり。

　人の命より脆きはなく、火と水とより、無情《つれなき》はあらざるべし。天はしきりに陸奥に向《むかっ》て、残虐を逞しくしつつあるのみならず、併せては国をも人をも、噛み尽《つく》さんとするにや、山には噴火、水には海嘯《つなみ》、ああ人間終《つい》に安処なきや。

　吾人五尺の軀《み》、手を挙ぐれば火、足を投ずれば水、この間におりて、今日や明日やを頼むことの果敢《はか》なきは、龍虎相覗《あいうかが》う間に身を托して、わずかに草の根に縋《すが》り、昇らず降らず、中宇《ちゅうう》に彷徨して、月の鼠、日の鼠にその根を噛まれんずるにも優りて危《あやう》し、火宅は赤煉瓦のいいにあらず、奈落あに舞台にあるのみならんや、ここに於《おい》て世事明日《みょうにち》のこと、到底三文の価値あらざるなり。

半生夢寐《むび》の間に過ぐ、予のその中に於て、もっとも悲惨の念を起せるものは何ぞ。火と水との苛責これなり。

火とは何《なに》、磐梯山の噴火なり。頃は我未だ若冠に充たざりし、変を聞きて、難に赴けるは、災後十余日、山野を家とする樵夫七人と共に、あまねく被害地を巡りて、風雨蕭条《しょうじょう》の夜、深沢《しんたく》に露宿したりし当時、仔細に観察したるものの中《うち》、一二を録す。〔以下、「喪家の狗」「地下の村」略〕

水の苛責

十丈の狂水、たちまち家と人とを没し去りぬ。幸《さいわい》に生を獲《え》たる者、顧《かえりみ》れば古栖《ふるす》の跡は、礎だも止《とど》めずなれり。漸《ようや》く人心地《ひとごこち》つきて浜辺に至れば、浮雲斂《おさま》って月明《あきらか》に杳《よう》として夢の如きを見るのみ、夢か、非か、彷徨して山の麓に至れば、流木あり、伏屍あり、棟梁を渡り、死馬を踏んで親を尋ね、子を索《もと》むれば、相好《そうごう》また昨日のものにあらず、泣くに涙出でず、哭するに声凋《か》れたり。腐屍を抱いて、呼号すれば、声は林に響きて、雉子《きぎす》の空谷に啼くあるを聞く、鳥禽なお恩愛あり、しかも当日の事、子は親を扶《たす》けず、親は子を顧みず、周章《しゅうしょう》身をもって免《まぬか》れんとして、終《つい》に及ばざるもの、前林黒きところの梟にだも劣れり。その暴浪に捲《ま》かれ、流木に劈《つんざ》かれて、死を致したるものは、ことごとく煩悶苦痛の態を極めて、伏屍棒より直に、全く虚空を攫《つか》み尽せるものの如し、その惨、畢竟《ひっきょう》見るに堪えず。

荼毘の煙

屍《かばね》を埋むるに柩なく、葬るに僧なし、菰《こも》につつみ、茅《かや》を巻きて土中に埋《うず》むるに、穴は三尺を出でず、塚《たく》上《じょう》一束の線香を投じ、小さき板片《いたきれ》に、俗名と命日とのみを記す、累々たる新墓、知らず今年の盂蘭盆《うらぼん》、何人《なんぴと》か青灯を捧ぐるものぞ、新仏多くは無縁、人間なお然《しか》り、まして死馬をや、潮水に浸されて、膨腫《ぼうしょ》象の如く、皮破れ、肉爛れて、汁流れんとす、臭気鼻を衝《つ》くが故に、人夫も来《きた》って屍を収めず、暴露《ぼうろ》三日、また奈何《いかん》ともするなし、終に残木と枯葉とをその上に投じ、火を放ちて焼く、白煙十里、到るところ屍を炙《あ》ぶるを見る、夜は凄涼いうべからず。その土、魔界か地獄か、その中にある者、人か鬼かを弁ずべからず、ああ。

月夜の鴉

半輪の月は名足《なたり》の山の端《は》にかかりて、峯の木立の影は、墨の如く黒けれども、磯辺には白き波の岸を打《う》って、砕くる時に月の光を粉にすれば、夜の千鳥の危うげに、去りつ、来りつ、水を弄《もてあそ》べば、遠き湾頭の松の色は、淡くして微なること夢に似たり。予は波打際にそぞろ歩きつ、巌《いわお》の角に尻落つけて、山手の方を打見やるに、残れる家の二つ三つ、灯《ともしび》の影の微《かすか》なる下には、病める人の白き繃帯して、檐《のき》傾ける家の窓より、跡形もなくなりし村の俤《おもかげ》を見ては、うち喞《かこ》ちさまなるも淋しく、地は拭うが如く清くして、山の麓ならでは、流れ木などの狼藉たるはなく、日暮に引揚げたりと思わるる、溺死者の屍の、戸板の上に載せられて、菰《こも》一枚に蔽われあるのみなれば、手と足とは余りて地に着ける態《さま》の物凄さ、そは一つ二つのみならで、そこにもここにも、置き忘れたらん如く横《よこた》われり。荒涼寂寞という語の、当れりと思わるるは、かかるところをやいうべき、鬼気人を襲うて、毛髪の惻然《そくぜん》たるを覚えしは、実にその折の事なりし。いざ帰らんとて、浜辺を行けば、波に洗わるる馬の屍の、毛は大方なくなりて、夜目にも白きが、苦悶に前足を縮めつ、後の足を天に朝《ちょう》するほどに踏み伸ばしたるが、仰向けに斃《たお》れおるもの、こもまた二つ三つならず、仔細に見なば、女の屍などの、去来する波に洗われいるもあるべし、その光景の物哀れなるは、古《いにしえ》よりの絵にも文にも見しことなきを。さりとては昨日までも、一昨日《おととい》までも、鄙《ひな》ながらも女の身の、愛する人の為には髪も梳《な》でつけ、化粧もしつ、野に草花の咲きては、簪《かんざし》にかえて恋する人に春を飾れる時もありけんを、一朝かく無惨に斃れては、朽木に腕を挫かれ、浪に衣を剥がれて、赤裸々の臭骸、ただ乳房の腫《は》れて高きを見るのみ、人間の悲惨、これより大なるものあるべからず、なお行く、鴉《からす》の鵜《う》に似たるものあり、あさり来たりて馬屍を啄《ついば》む、これを追えば、唖々《ああ》として去る、その声悪《あしう》して聞くべからず、惨絶、凄絶、予《われ》すなわち去って、田辺君の家に帰れり。

ああ惨状終に文に画《え》に描き尽くすこと能《あた》わず、写真ややその一班を世に紹介することを得れども、醜を美に化するがために、看る者の同情を惹くこと薄きを奈何《いかん》せむ。畢竟《ひっきょう》見ざるものに、実状を話し悉《つく》す能わず、けだし形容の語なければなり。記し了《おわ》るの後、日々新聞十日の記事に、左の一報あり。曰く。

嘯害地と狼　溺死者の肉を喰《くら》って性《せい》狼に変じたる狗《いぬ》にやあらん、昨今東奥三陸被害地の中、陸中国東閉伊郡《へいごおり》山田町及《および》同南閉伊郡大槌町の間に数多の狼出没し動《やや》もすれば人畜を襲いてこれを害せんとす、その危険一方《ひとかた》ならず殊に夜中郵便電信の逓送上最も不安の状あるより、逓信省にては今般特《こと》に陸前国気仙郡高田局及《および》陸中国種市局に至る都合十五局に対し、右等猛獣の危害を避くる《さく》るため、それぞれ喇叭《ラッパ》を交附したる由なるが、この方法は従来北海道のある地方に用いられたるものにて、もし集配人は人里離れし山野郊原《こうげん》などを夜行する時は必ず一挺の喇叭を携帯せしめ、時々これを吹き鳴らして猛獣の危難を避けしめ、または救助を求むるの便に供したりという。

今や世人戦勝の余、意気奢《おご》って、豪遊銷金《ごうゆうしょうきん》、羹《あつもの》を甘《あまし》とせずして肉に飽き、酒に溺れ、奢侈《しゃし》人に超ゆるを誇るといえども、外《ほか》は凌辱を免れず、内に災変あり、禍乱あり、しかして東奥の狗、狼と化して、死屍を喰い尽せる後、危害を来往の民人に与えんとす。東北の地、何ぞ一にかくは惨憺たる、顧《おも》うに戊辰の瓦解、刀下の鬼となりしもの若干《いくばく》、磐梯山噴火の下に、埋められたる亡者若干、しかして今回の海嘯の災に斃《たお》れたる幽鬼、三万余人、かれ等の霊は、天に帰せしや、地に帰せしや、そもそもまた中宇に彷徨するや、知らず今年の新盆は如何《いかん》、火山の煙、海嘯の浪、水火もと無心なりといえども、数万の人畜を殺し尽して、なお山紫水明の態あるは何ぞ、ああ。

海嘯遭難実況談

遭難技手　山本才三郎　直話

　海嘯《かいしょう》被害地中、もっとも惨状を極めたるかの釜石の港の口、およそ一哩《まいる》ばかりのところに暗礁がある。この暗礁を知らせんがため、立標《りっぴょう》というものが建っている。この立標の破壊転覆せしところあるより逓信省から技手が出て、改築に取りかかっておる。

　私はこの改築工事を監督かたがた本月（六月）四日正午出発、六日の午後五時、釜石に到着しました。立標は少しく足場を掛け始めたくらいのことです。それより人夫を督促して次第に足場をかけてまいると、本月の十四日に至り、人夫どもは明日は「お節句のことゆえどうか休ませていただきたい」という。しかし、暴風雨《しけ》のない日を撰んでやらねばならぬ仕事だから、マア急いでやれとて人夫を使っておると、どうも不思議な雲が南の方の天に当って顕《あら》われた。今までに見たことのない雲、薄茶色でモカモカッと、こう山のようになってその下が水のような、それからまたこの雲より三里程離れて、ちょうど富士山の形の雲、これはその頂上が切れているが下の方がまったく富士の形でした。あまりに珍らしい雲ですから、私も不思議に思い、また人にも話して見るが、誰あって何の雲だと説明するものもない。それでこの日は雲の話でお仕舞となって、人夫どもには明日早仕舞《はやじまい》ということにして、我々も帰って来ました。

それからその海嘯《つなみ》のあった十五日の当日……この日は朝から雨が降ったり止んだり降ったり止んだり、終日、海面はガスが一面に鎖じ込めていて、波浪《なみ》の塩梅《あんばい》も常とは違う。潜水者が波浪の中に這入《はい》って仕事をするに、あちらへ転がされこちらへ転がされ、よほど仕事がしにくかったようです。午後の五時頃になって雨もひどくなるし、沖の方よりしけても来たから、人夫を帰すこととし「節句の飲み過ぎで明日出られぬということのないよう」とくれぐれも注意して我々も共に帰った。

我々仲間の先に往った連中は、浜の方なる飯沼嘉東次という釜石一の宿屋に泊まっている。私の往った時は客で塞《ふさ》がっているというので、親戚なる高台の沢村という家に私だけ下宿しました。それで私は沢村に帰り、夕飯を仕舞って同僚が来たり、明日の仕事話しをして帰ったが、ややしばらくして午後の八時頃ですな。桟橋の方に当ってゴウッという音、あたかも汽車が出る時のような音がした。それにしてもあまり音が大き過ぎるので、私のいた二階の手柵《てすり》に手をかけて覗いて見ると、闇《くら》さは闇し咫尺《しせき》を弁ぜぬという程ではあるが、どうもその音が港の口なる西よりだんだん東の方へ向って来るようですから、おおかた海岸でも割れて水が吹き出したのであるまいかと思うておると、下の奴等も下の奴等だ、早く海嘯が来たといえばよいに、「旦那さん、水が来た来た」という。こいつは堪らぬ、と二階の窓から裏に飛び出した。するとその裏がすぐ崖になっておるので、崖に取り付き上がらんとすると滑って落《おち》る。滑っては上がり、上がっては滑り、同じことばかり繰り返していた。

ようやくにして山腹に取り付き、ホット一息気吐《いき》くと、急にゴウという波の音、ミシミシッという家の壊れる響き、人の泣き叫ぶ声、互いに呼び合う声など、天地もヒックリ返るようなありさまで、私も実に生きた心地はなかった。こりゃ一体どうなるのかと思っていると、泣く声、叫ぶ声が次第次第に遠く、また弱くなるようだ。それからモウ波も引いたろうと思う頃、崖を下りて沢村に帰って見ると、家の者どもは無事に帰っていて、荷物などを取《とり》片付けている。

「オイオイそんな事をしてどうするのだ。モウ何も来はすまい」

「いやいや要心に如《し》くなしです」

何をいっても荷物に気を取られていて取り合わぬから、私は同僚のおる飯沼へ見舞に行こうとして家は出たが、早や道路《みち》は家の壊れた材木で乱杭逆柵《らんぐいさかもぎ》を築いたありさま。とても暗闇に往来などの出来るものか。それのみならず、わが脚下《あしもと》の材木の下から助けてくれッと泣き叫ぶ女の声がする。これに荒胆を抜かれて我れにもあらず逡巡《あとずさり》すると、あちらの方でも小供の泣き声が聴える。材木の下でガサガサいわせてウンウンと力身《りきみ》ながら材木を跳ねのけようとする音、親に離れてその名を呼ぶ声、子を喪うてその名を呼びつつ泣き叫ぶ母の声、仏書にいわゆる叫喚大叫喚の地獄のありさまもこれには増《まさ》る惨況とは思われない。

こんなありさまでとても見舞に行けぬから仕方なしにぼんやり沢村に帰って見ると、怪我人を担ぎ込んで来るやら、荷物を預けに来るやら、見舞の人と不仕合《ふしあわせ》の愚痴をこぼしに来る人で大騒動だ。私はただ同僚の安否が知りたいばかりで心配はしているがしようがない。ただ馬鹿のようになった人を相手に遭難の様子を聴いていると、飯沼の嫁がここに逃げ出して来た。「や、どうしたか、他のものは無事か」「どうも解りません」「お前はどうして助かったか」「いや、私は小供が便所《はばかり》に行きたいというので連れて行ってやると、ゴウッという音がして大波が来ましたから、家を飛び出て波に追われながら逃げて来ました」と話していると、しばらく経ってまた飯沼の亭主がやって来た。

「オイオイ、二階の客はどうしたか」「存じません」「お前はどうした」「私は沖に大海戦があって水雷艇が襲来したというから沖の方を見ると、鮪《まぐろ》だ鮪だと呼ぶ声がする。それで透《すか》かして見ると、なんでも大浪に違いないからすぐ逃げ出して来ました」と話していると、今度は飯沼の下女が逃げて来た。

「お前は」「ヘイ、私は宣教師さんの食事を用意していると、サッと障子を打ち倒して浪が来ましたから、そのまま逃げ出しました」。またしばらくして飯沼の婆々《ばば》来る。

「お前は」「私は向かえの二階で話をしていますと、海嘯《つなみ》海嘯というからすぐ裏に飛び下りると、倉と家との間でどこへも逃げ出すことが出来ない。仕方なしに倉の戸前につかまっていると、大波が来て倉の戸前が打ち明けられ、私は不思議にも倉の内へ流し込まれて荷物の上にのっかったので命を拾いました」と、次第次第に様子のうすうす知れて来た時、飯沼方にいて奇難に出逢《でっく》わした一人の注進がやって来た。これの談話《はなし》が、そりゃモウ実に不思議なものだ。

この夜、飯沼方の二階に雑談しておった我々仲間は、兼子金次郎、飯野真、岡直という三名の技手と大橋藤助、同初次郎という親子の潜水者、それに大工の小坂某と小僧が二人で都合八人。いろいろの雑談に余念なき午後八時頃、例のゴウッという汽車の音！　二階の八人は皆耳を引き立て、「何だろう」と八人の口から一度に同じことをいった。「汽車だ汽車だ」「風雨に混ざる波浪《なみ》の音だ」と評議まちまち。「そんなら見よう」と気早やなる岡直という技手が外を見ようと二階の階段《はしごだん》のところまで行き、ふと下の様子を見ると、下は早や一面の大海に変じて、家内の者が流れておる。「や、海嘯海嘯」と魂切《たまぎ》る声に、一同あわてて飛び出でんと二階の手柵《てすり》に駈け寄ると、外もまた一面の大海。潜水者の大橋藤助が家根《やね》に上がろうとして、まごまごしているうちに水嵩が増して、藤助は家根の庇《ひさし》に手を掛けたまま浪に押されて首尾よく家根に上がったが、あとの七人はアッという間もあらばこそ、ドット二階にこみ入ったる大浪に押し上げられて、天井にべたと喰ッつけられた。

この地方の家根は、ご存じの通り瓦葺《ぶき》ではない。薄板を並べて押えに石を置いてあるのだから、天井に喰っ付けられた七人は遂に家根をぶち抜きて、上から藤助に引き上げられ、ようやく家根に上ったが、一番後に家根に上がった飯野真という技手は衣服《きもの》が何かにひっかかって丸裸になり、容易に上がることが出来なかった。ようよう飯野を引き上げて互いに手を引き合い一団《ひとかたまり》になっていると、間口六間《けん》奥行十間もある、さしも堅固のこの旅館が、早やフワリと波浪に浮き上がった。

たちまち船に変じたるこの家の家根に乗って波のまにまに流れていると、所々方々《しょしょほうぼう》からいろいろの家や材木が波浪のために渦巻いてこの家にブツかるが、こちらの家が堅固だから向うの方がみなコナ微塵に打ち砕かれてしまう。それからこの仲間と同様に家根につかまり流れているものが随分あって、助けてくれッという声があちらでもこちらでも聞こえるようだが、次第に遠く細り行くは波のまにまに流れるものか、こちらの八人もあるいは念仏を唱え、また金比羅《こんぴら》へ願をかけていると、この家ほど大きな奴が二度もぶつかった。「もう今度はとても駄目だろう」といっていると、またも大きな奴にぶつかったが、幸いに壊れずして流れ流れつ最後に大きな高い松の樹にぶつかった。その樹は周囲が一抱えもあって高さもずいぶん高いらしいが、幸いこの枝に取り付いて樹の上へ上がろうとはするが、あわてて容易に上がれない。そこで潜水者の藤助がいちいち他のものを助け上げて松の樹に上らせ、自分は一番最後にこの枝に取り付こうとすると、モウこの枝に手が届かない。おおかた波浪が引きかけたのであろう。そこで藤助は仕方なくこの松の幹に抱き付いていると、波浪は次第に引く様子。藤助はこわごわながら下におりて見ると、我乗《わが》っていた家はこの樹の下にべたとなって押しつぶされている。藤助はどうかして樹の上の人を下ろしてやりたいが、しようがない。ずいぶんこいつは落着いた男であるから、まず安全な場所を見付けに行き、ここならばというところを見定めて、それから樹の上の奴を下さんと取って返した。

樹の上の七人はもはや安全。これから下におりようとは思えど、高い樹の上だから下りることは出来ない。そうすると、非常に寒くなって来たから、どうでしょう、この樹の上で、貴下《あなた》、七人の奴原《やつら》が二枚の衣服を一枚脱いで裸体の奴に着せた、ということです。ずいぶん面白い話ではありませんか。

また、藤助は樹から下りるといつの間にか丸裸でしたから、寒さは寒しと安全な場所を見つけに行く途中、足に引っかかったものがある。取上げて見れば、七八ツの児《こ》の濡れた衣服である。寒い折から見えどころではない。五十歳にもなる爺《おやじ》が七八歳の小供の衣服をひっかけうろついているなどは妙でありませんか。それで藤助が引返して来て、そこらから材木を持ち来たり、この樹に足場をかけ、ようやく七人を下ろしてやった。この幸運の八人がやれやれといいながら、藤助の見付けた安全な場所へ行こうとすると、隣りの高木の上に女の泣き声、「後世《ごしょう》だから助けて下さい」

自分もやっと助かったばかりで人を助けようどころではないが、女だから少しは憐れの情も深い。いろいろ辛苦して足場をかけてやり、ようやく下におろしてやったが、見れば歳なおうら若き女の恥ずかしげもなく丸裸で慄えているにぞ、藤助は見るに見かねやっとのことで拾い上げたる小供の衣服をこの女に与え、「お前はところの者で勝手も知れておろうから、どこへなと帰れ」とてここで別れ、八人は安全な場所に行って壊れ屋の材木を集め、マッチを貰って火を焚き始めた。すると、この火を目的《めあて》にして来たワ来たワ、五人十人百二百、見る見るうちに数百の人が駈け集まった。

海嘯に遭った全町の生存者は命からがら逃げ延びはしたものの、海嘯のやや静まって後は、帰るべき家もなければ、また互いにその無事を話し合う親子兄弟も、どこへ行ったか、死んだか生きたか知れないのみか、どこをどう尋ぬる目的《めあて》もない。それゆえ我々仲間の焚いた火を目的に寄り集まったのである。ところが、その集まった者はこれこそ真に烏合《うごう》の衆で、ちょっとここへは来て見たものの、親兄弟の安否がなかなか知れぬより一人として落ち付いている者はない。だから火の周囲に集まって、談話をしていても、無闇に大きな声を出したり、ああいうかと思えばこういったり、とかく談話がトンチンカンで、何が何やら少しも訳が解らない。それで少し風でも吹いてちょっと音がすると、「また来た来た」とてワッと一度に逃げ出してチリヂリバラバラ。

「まずまず以上のようなありさまで助かりました。飯沼の二階におった我々仲間は一同無事におりまする」と、注進に来たこの男の談話というのもずいぶん長々しくて、後や先、こちらはその事情を知りたい熱心から乗地《のりち》になって、「むむ、それからどうした、むむ、それからそれから」と根掘り葉掘りしてようやく以上の事実を知り得たのが、なかなか容易なことではなかった。

こんなありさまで、遭難の夜は早く明ければよいと思っても、なかなか容易に夜が明けない。それでその夜はただ遭難の家々より負傷者を担ぎ込んで来るので、その騒動はなかなか談話にも出来ないくらい。その負傷者は顔面、手足、総身の擦り傷やら打ち傷やら、腕は折れ、頭《かしら》は頽《くだ》かれ、一婦人のごときはその家族の悉皆《しっかい》死亡したりとて泣いて泣いて泣き過ごして、遂にはその顎《あご》を外したというまったく譚《はなし》のような騒ぎである。

　こんな騒ぎをしてようやく一夜を明かし、さて翌日朝早くから市中に出て見ると、市中の家はあるいは押し流され打ち壊され、跡は一面の干潟のごとくなって、今までなかなか目の届かなかった町中が隅から隅まで一目のうちに見え渡った。そうしてこれらの材木はどうかというと、皆山の手の麓に押し上げられ、七八百噸《とん》の帆前船が陸の上に打ち上げられているくらいだから、小さい漁船などは陸の壊れた家にツッささっておるなどの奇状を呈し、釜石におるあれだけの人が貴下、まるで少なくなってしまって、その僅かな人間も、皆ぼんやりと気抜けのしたようで、見るものも見るものも壊れた家の木材に腰打ちかけ、濡れたり裂けたりした襤褸《ぼろ》をまとって、手足、顔面、血やら泥やら見分けのつかぬほどになってメソメソと泣いており、その泣く人の腰打ちかけた材木の下では女や小児《こども》の泣く声がして、助けてくれ、いとさも苦しげに唸《うな》りおるも、泣くものはやはり見向きもせずして、ただぼんやりと泣いてばかりおる。それもそのはずだろう、自分の親子兄弟さえ、今に生死のほども計られず、自分の身さえこれでもう助かっておるのやら、今にまた海嘯に取られて行《ゆく》のやら、我身で我身の生き死にの見界《みさかい》さえも付かぬ身で、いかでか我が脚下に泣き叫ぶ女小供の声ありとて、イヤが上なるその材木を取り除けてやる力があろう。私も実に気の毒でなかなか市中を歩《ある》行っておられない。いや、実に我が心に忍びなかったのである。沙翁《セキスピア》のいわゆる、目はこれを視るに忍びず、口はこれをいうに忍びず、心はこれを思うに忍びず、とはかかる光景を写したものでありましょうか。

　それで私は早く東京へ電報でもかけようと思って電信局へ行っても、局は圧《つぶ》れ、局員は行衛《ゆくえ》知れず、器械も流れてしまって電報のかかるどころではない。後にて聴けば、この釜石から十里もある遠野《とおの》というところに器械を借りにやったから、この器械の来次第、電報が通ずるということである。

電報はまずそれまで待つこととして、樹の下に押し圧されているという飯沼旅館を見に行った。元建っておった海浜近くのところより、遥か離れしこの樹の下に押し流されたこの旅館は、その家内が飯沼嘉東次という老夫婦に若夫婦二人と小供三人、下女二人、その他は客人で、この飯沼の老爺《おやじ》というが死様《しにざま》はずいぶん残酷なものである。この老爺はよほど孫を可愛いがるので、海嘯の夜も二人の孫を寝つかせて、自分もそのまま寝入ったる最中に海嘯に逢しものと見え、憐れや老爺は左右の両手に二人の孫を抱えたまま、頽《たお》れし棟木《むねぎ》に押しつぶされ、海嘯の潮水に浸されて死んでいる。婆々《ばば》一人に若夫婦二人下女一人は前に話した通りの事情で助かり、便所に行った小供はそのまま行衛知れず。今一人の下女は納屋の下になって死し、私の行った時、材木の下から白ぼけた太くなった足が少し見えておりましたから、そこらにいる雇人に、「これをどうかしてやったらよかろう」というと、「ナアニ主人さえまだあの通りですから、マアマア主人の方をしまってからです」といって取り合わない。これでその惨状の幾分は知れましょうと思います。

海嘯の翌日、すなわち十六日のことですな。私は港口の仕事場を見廻りに行こうと思いましたが、例の舟を借りる家も倒れてしまったし、また肝腎の舟も方々へ流出しておる。それで私は潜水者の藤助を連れて海浜に出ると、舟はいくらでもその辺に流れている。藤助はどこからか櫓《ろ》を見付け出して来たから、これを使って立標のところへ漕ぎつけて行った。

舟を拾った話しについて思い出しましたが、いやもう被害の翌日などは、食物はもちろん衣服、夜具、傘、下駄などに至るまで、不足どころかまるでこんな物はないというほどのありさまであったが、しかし市中を捜せば衣服でも下駄でも傘でもたくさんそこらに落ちているし、またこれを拾って着、これを拾って履くとも誰あって咎むるものもなく、笑うものもないから面白い。

海浜に行って見ると、家財の壊れた奴が一面に浮いておって、なかなか舟を出されない。ようようこれらを押し除《の》けはね除けして舟を出しましたが、家の壊れた天井だけになった奴がずいぶんそこらに流れておる。陸上ではたくさん屍体を見たが、海面には少しも死体は見当たらない。これはおおかた溺死の翌日くらいではまだ沈んでおる時で、いずれ日数の経つうちには浮き上るのであろう。これらの家根に乗って助かった人もあるであろうが、私はただ鶏がションボリこの家根に乗って羽翼《はがい》を縮めておったのを見たばかりである。

そこで一つ面白いことには、この海中に浮いておる家の家根ですな。この家根のうちには、箪笥《たんす》でも長櫃《ながびつ》でも夜具蒲団から膳椀まで、何一つとなく家具什器の類が皆この家根のために蔽いかぶせられて一まとめとなって家根と一所《いっしょ》に流れておることである。これはちょっと妙ですが、そのはずです。家内にあるいろいろのものが下から泥浪《なみ》に浮かし上げられて、何も彼も天井にくっつけられてから後に全体の家が浮き上げられて流れたから、どこへも散らず、かく家根の下にまとめられておるのです。舟を立標のところに急がせて見ると、改築工事の足場ものこらず打ち壊れておるから、そのありさまを一通り見てすぐ引返しました。

そこでこの騒ぎがやや静まった頃の釜石町はどうかというと、全体ここには巡査が六人だそうですが、一人は死し、五人は負傷し、ようやく公務の執れるのはたった一人である。それも海嘯翌日の扮装《いでたち》はどうかというと、筒袖の衣服を着て、ほうぼうに繃帯をして、洋剣《サーベル》もない、靴もない、ただ帽子ばかりの巡査である。

そんなにたくさん怪我人があれば、これが診察をする医者はどうかというと、これも至って不足である。

海嘯前は開業医が三人と鉱山雇切りの医者が一人であったそうだが、海嘯のために二人は死んで、残った一人が漢方医と来ているから、鉱山医先生が一人で引張り凧のありさまである。されば負傷者の方でも頼みに頼んで何をして貰らうかというと、撲傷《うちきず》でも擦傷《すりきず》でも、石炭酸ぐらいつけて繃帯するの外はない。次に山のごとき屍骸の取片付けはどうかというと、始めはこれが親だ子だと傷だらけの死骸を一つ一つ埋めておったが、終《おわり》にはなかなかやり切れないから大きな穴を掘って、何もかも一つ穴に投げ込むというありさまである。

この晩、生存者が不安心ながら疲れのため、我知らず眠入《ねい》ったころ、またもヨダヨダ（海嘯海嘯）と怒鳴るものがあって、一同胆玉《きもだま》をひッくり返した。これはまったくの無根というでもない。現在その夜、潮が数尺高く来たということである。我々仲間のうちでさえずいぶん面白い談話がある。それは我々一同が海嘯の話しをしていると、側に眠《ね》ておった兼子金次郎という技手が飛《とび》起きるや、「また来たまた来た」とて騒ぐから、「馬鹿いえ何が来るものか」「いや、どうしてどうして、あの通り押寄せて来た」と、あたかも目の前に海嘯がありあり見えるように寝惚け騒ぎをやったことがある。人情実《まこと》にさもあるべきではございませんか。

十七日になって隣村からの人夫も来るし、市中も次第に片付き行き、生存者もまずまず命一つを拾ったらしいと解《わかっ》て来ると、浅ましや、慾の心が起って来る。皆それぞれに壊材のうちから好いようなものを拾い集めて来て、これに自分の名を書付けた札をつけ、一まとめの荷物に拵えて置いて、また拾いに出る。するとその後で同じような荷物を拵えて来て、好さそうな荷物と取り換え、ただ札のみを残して置く奴がおる。その所行憎むべしといえども、また止《やむ》を得ざる次第である。

大略以上のような話しで、私はその後概況報告かたがた帰京いたし、過日逓信省大臣官房におきまして、大臣、次官、管船局長等ご出席の場で右の概略を申し上げると、皆被害地の惨状をお悲《かなし》みになる中にも、我々一行の無事危難を免れたるをお喜びになりまして、それぞれ一行に対する手当等ご命令になりました。

一夜のうれい

田山花袋

夜は早十時《はや》を過ぎたり。されど浮立《うき》たざる心には、臥床《ふしど》を伸べんことさえ、いとものうし。まして我は寝《い》ねてだに、うれしき夢見るべき目あてもあらぬ墓《はか》なき身なれば、むしろ眠らずして、この儘《まま》一夜を闇黒の中《うち》に過すべきか、むしろこの一夜の永久なる闇黒界にならんことを、慈悲ある神に祈るべきか。かく悲しく思いつづけつつ、われはなお茫然としておりたれど、一点の光だにわれを慰《なぐさ》むるものもあらぬに、詮方《せんかた》なくてやがていねたり。

枕に着くれば、如何なる熱情も静まるものとかねて聞きしが、われのはそれと反対にて、空想は枝に枝を生じ、またその上に枝を生じて、果てしなく狂い出《いだ》ししこそ墓なけれ。何故に、われはかく迄この世の中おもしろからぬか。何故に、かく迄このわが身の楽しからぬか。死、死という事などは、わが身に取りては、何のわけもなきことなり。

つらつら観ずれば、人の命なるもの、尊《たつと》しと思えば、尊ときに相違なけれど、尊《とうと》からずと見る時は、何のまた些少《いささか》の尊さのあるべき。かつそれ、稀には百歳の寿を保つものありといえども、生れて直ちに死する人もあり、或《あるい》は長生するやも料《はか》られざれども、また今直ちに何事か起り来るありて、俄《にわ》かに死するやも料られざるにはあらずや。否、それのみにはあらじ、地震起り海嘯来《つなみきた》るときは、賢愚貴賤何の用捨もなく、何の差別もなく、一度に生命《いのち》を取らるることもあるにあらずや。

然《しか》るを、わが身のみ、如何でかこれに異ることのあるべき。たとえ今日は自殺せざるとも、明日如何なる災ありて、死することなしとも限らず、これを思えば、今直ちに死するとも、また少しの遺憾もなしかつまた自から殺すは、卑怯なりという人もあれど、死せんと欲する心の出でて、これを断行し得たる以上は、たとえ自から刀を手にしたりとも、これ果して我の業か、天為なるか知るべからず。さば道理の上に於ては、今直ちに自殺するとも、まことに何の遺憾もなきが如し。されどもし仮に匕首《ひしゅ》を喉に擬するとするに、何故か知らねど、少しく躊躇して、断行すること能《あた》わざる一点の理由の存するが如きを覚ゆ。

あわれこは何故か、われは自からも覚《さと》ること能わざれども、こはいまだ確かにその程までの極点に達せざるが故なるべし。否、或はわが身の勇気に乏しきが故にはあらざるか。われとて強いて死を願うにはあらざれども、この面白からぬ世にありながら、我はこれを断行する能わざるを思えば、われながらあまりに意気地なきことなり。

ああまたしても心に浮び出ずるか、かのなつかしき梅子の君よ、君とだに伴いてあらんには、世は楽しくかつうれしきものなるを、入谷の里に朝顔を見に行きたる朝、如何にうれしく楽しかりしか。両国の川開きに打ち連れ立ちて行きにし夕、如何に楽しくなつかしく思いたりしか。月夜に琴を弾くことを、この上なく好むという君の言葉を聴きし時のこと、わが遠き旅路にいで立つことを悲しみてくれたる時のこと、思い出ずれば、嬉しとも嬉しく、楽しとも楽しきものを、如何なればわれはかく悲しきことをのみ思い出でて、自から死なんとまで思えるか。梅子の君よ、御身は何故にかくまで思えるわれを捨てて、またわが傍《かたわら》へは来《きた》らんとはせざる。ああかの無邪気なる昔、かの楽しかりし昔をたどりて見れば、わが身は今も御身の傍にあるが如くに覚ゆるものを。わが膝に泣き伏す御身の背《せな》を撫でいる如く覚ゆるものを。

かく思来《おもい》りて、われは遂に堪えず、われは死することを好まず、死することを好まずと、いきまきて心の中に叫びたり。叫ぶやがて、涙は雨の如くあふれ出でぬ。あわれこの溢出《あふれ》ずる涙を思うままに溢出さしめ、思うままに声を挙げて泣き叫ばしめたらんには、幾何《いくばく》かわがこの悲しみを洗い去ることを得しなるべけれど、人に聞かるるの恐れあれば、われは声を忍びて、かたく顔を衾《きん》に押し当てて欷歔《すすりあ》げしに、熱涙綿《わた》に透りて、さながら湯をば覆えしたるごとく、汗は流れて、熱をやみたる人のごとく、いとあつし。

ここに至りて、われは甚だしく労《つか》れ、あたかも小児《こども》が慈母に抱かれて泣き止みたるが如く、またやさしき保姆《うば》のかなしき守歌《もりうた》をきかせられたるが如く、いつか熟眠の境に入りぬ。

かくてこの長き冬の夜に、寒けき月が或《あるい》は綿の如き雲の中をくぐり、或は墨のごとき黒雲に蔽われ、或は晴れ、或はくもりて、独り静かに大空をわたり行くをも知らず、時々月明《げつめい》に驚きて騒ぎわたれる烏の、ねつかぬ乳呑児《ちのみご》を嚇《おど》すたよりとなるをも知らず、今こそはおのれの天地なれといい顔に、犬の高き遠吠《とおぼえ》を火の見やぐらに響かすとも知らず、凄《すさま》じき風の吹き来りて、ねやの雨戸をがたがたと揺《うご》かすとも知らず、時々ひびく遠寺の鐘が、たえず無常を告ぐるとも知らず、東の窓の明くなりたるに驚きて、眼さむれば、あたかも小児が朝起《おき》出でて、未《ま》だ母の乳房にありつかぬ中の如く、泣き出したきまでに、いとかなし。むしろよべ泣きて寝入りしままに、蘇えらでもよかりしものと。

片男波

小栗風葉

降《ふり》続きたる卯の花くだしようようはれて、かき曇りたる天もところどころ雲の切間を、朧なる五日の月は西へ西へと急ぐなり。千載茲許《ここもと》に寄せては返す女浪男浪《めなみおなみ》は、例の如く渚を這上《はい》る浪頭の彼方に、唯形《かた》ばかりなる一軒立《だち》の苫屋《とまや》あり。暮方より同じ漁師仲間の誰彼《だれかれ》寄り集いて、端午の祝酒に酔うて唄う者、踊る者、跂《はね》る者、根太も踏抜かんばかりなる騒ぎに紛れて、密《そっ》と汀《みぎわ》に抜出でたる若き男女あり。

「何か用なの？　え、仙太様《さん》。」

と女は美《はなや》かなる声の優しくまず問《とい》懸けたり。されど仙太は応答《こたえ》もなさで、首をたれたるまま、時々思い出したらんように苫屋の方を振返りつつ、的《あて》もなく真砂《まさご》の間をざくざくと踏《ふみ》行きぬ。

「このまあ真黯《まっくら》なのにどこへ行こうての？　え、仙太様、仙太様。」

重ねて女は声懸けけるが、応答はおろか、見も返らざるに思絶《おもい》ちけん、そのまま口を噤《つぐ》みて、男の後ろに従いぬ。

月はいよいよ西に傾きて、遥かの沖の方には、綿《わた》の如く、襤褸《ぼろ》の如き怪しげなる雲のしきりに動くを見たり。

二人は岬を廻りて、苫屋の火影も今は見えずなりける時、つと立停まりて、

「お照様《さん》。」

と始めて口を開きたる仙太の声は、怪《あや》しとも戦《おのの》きたり。

「お前《めえ》は何も知るまいが、俺《おら》は毎日ここへ来て立っているぜ。真《ほん》の事だ、毎日来て立っている！」

「何故さ。」

とお照は訝《いぶか》しげに問返しぬ。

「何故って、ここはお前……お前が何時か腓《こむら》を返して沈懸《しずみ》った時に、俺《おら》がその柔かい真白な体を引抱《ひんだ》いて助揚《たすけ》げたとこだ。その時お前が一生この恩は忘れないって、片息になって、しっかり俺の頸《くびったま》へしがみついたあの時から、俺は、俺はお前を……。」

と言《いい》さして、しばし辞《ことば》は途切れしが、

「真によ、女てえものはどこまで気強いか知れねえものだ！」

と仙太は投出すように言いはなてり。聞くとひとしくお照は思わず後退《あとすさ》りて、朧なる月影にじっと男の顔を透見《すかし》つつ。

「仙太様！」

とばかりひたと寄添いしが、にわかに心着きて、我が家の方を振返りつ、

「だって、私は源様《げんさん》という歴とした亭主があるんだもの、よしんばどうしようたってしょうがないじゃ

ないか。」

「ないかあるかそんな事は俺の知った事じゃねえ。俺は唯お前を思って思って、俺の思《おもい》がお前に届くまで思凝《おもいつ》めようと思って、思凝《おもいづめ》に思凝《おもいつ》めているのだけれど、それがお前に届かねえとこを見りゃ、まだ俺の思いようが足りねえのかも知れねえ。お前が源様を思うその倍も、俺がお前を思ったら、なんぼ亭主持《もち》だって、ちっとは俺の切ない思《おもい》も酌んでくれそうなものだけれど、それがないとこを見ると、俺のお前を思うよりか、お前が源様を思う方が深いと見える。」

と辞半《ことばなかば》にそっと瞼《まぶた》を推拭《おしぬぐ》えり。

「だが、俺はもうこの上お前を思いようはない。真によ、俺はお前の事を思凝に思凝めて、気が狂いそうだ！　命も奪《と》られそうだ！　いっそ一思《ひとおもい》に死んでのけたら、この苦しいのが失《なく》なるだろうと思って、毎日ここへ来ては飛込もうかと思うけれど、さて死のうとすると、どうもお前を遺《お》いて死ぬのが残念で、お前と一緒でなくては死ぬにも死なれねえ。歴とした亭主のあるお前に、俺もまあ何という因果な事だか、自分ながら訳が解らねえ！」

「もうもう、そんなことは云わないで……。」

とお照は聞くに堪えざる如く、湿《うる》める声を顫《ふる》わして、

「それでなくても、私ゃ、真に私ゃ……。」

「え！」

仙太は目を瞪《みは》りて、我にもあらでひしと握緊《にぎりし》むる手を、女は慌てて振払い、

「お止《よ》しよ！　亭主のあるものをそんな事して、もし私が何して御覧、それこそ私もお前も怖しい……二

人が二人、生《いき》ちゃいられないような罪人《とがにん》になるじゃないか。」

「その時は、死んでしまうまでの事さ！」

と仙太は事もなげに言捨てつ。

「死ぬたって、私は亭主持だもの。好いてるにしろ、不好《すかぬ》にしろ、とにかく源様に任せた体で見れば、自分の勝手に他《よそ》のお前様と死ぬ訳には行かない。」

断然《きっぱり》とお照の言《いい》消したる時、遠く小銃のようなる音の何処《いずく》ともなく聞えて、そが響《ひびき》にや微《かすか》に大地の震うを覚えぬ。

折から月は全く西の端《は》に落ちて、水や天《そら》、黒白も分かぬ沖の方に、さながら砂塵《すなぼこり》のごとき赭土色のもうもうと立ち迷うを見たり。されど仙太は只管《ひたすら》こなたに心を奪われて、そを怪しと考うる遑《いとま》もなかりき。

「諦めた！　とてもこの世じゃどうする事も出来ねえと諦めたから、お照様、お前死んでからはきっと、きっと！」

と反復《くりかえ》しつつ、しっかと女の肩に手を懸けて、

「きっと！　死んでからは俺にの。え、お照様、きっとだよ、え、きっと？」

応答を迫られて、ようようお照は男の顔を見挙げて、何やらむ言出《いいいだ》てんとする途端、たちまち大地のゆらゆらと動出《ゆるぎいだ》せしに、あれ！　と叫びて思わず仙太の体に縋《すが》りも着かせず、さながら百雷一時に落つる如き響とともに、闇を衝《つ》いて驀《ど》と押寄せたる千丈の大濤《おおなみ》！

＊　＊　＊　＊　＊

乾坤漠々《けんこんばくばく》、唯墨を流したらんようなる闇の中に、とうとうたる濁浪《だくろう》天を摩《ま》して、人も、獣も、家も、樹も、有情非情の差別なく、世界の所有物《あらゆるもの》はことごとく水に漂いて、叫喚地獄の大苦患《だいくげん》もかくや、子は親を助くるの暇なく、夫は妻を救うの道なく、子を捨て、夫を見殺しに、唯身一つをさえ生きかねて、黒白も分かぬ間に悲鳴を揚げて哭《なき》叫ぶが中に、わずかに一枚の戸板に乗りて、いずれ藻屑と消行《きえゆ》くしばしの命を、ここに繋留《つなぎと》むる男女あり。例の仙太とお照なり。二人はひしと抱合いたるまま、互いに辞《ことば》もなく、ひたぶる運を天に任す折から、何者とも知れず、やにわに戸板に取附きて、

「た、助けてくれ！」

苦しきを絞りて辛くも呼びたる男の声音《こわね》を、仙太は何とか聞きけん、お照は聞くとひとしく抱合いたる手を振《ふり》放ちて、思わず後《うしろ》を見返りたる時、取附きたる男のあせりて這上らんとする重量《おもみ》に、戸板は斜《ななめ》に傾きてなかば沈まんとしたり。端《はし》なる仙太は不意の傾斜《かたむき》に身を支うる暇なく、あ！　と叫びたるまま水の中に陥りしが、辛くも戸板の角に取縋《とり》りて。

「手、手、手を引張ってくれ！　手を！」

戸板はしばしも一所に停まらず。

矢の如く闇を衝いて流行《ながれゆ》くなり。

女ながらも一念力！　お照は声を便《たより》にしっかと仙太の手を執りて、引揚げんとする時、後より這上らんとする男の、必死ともがく手頭《てさき》にむずと袂を掴まれたり。

「お照様、ごご後生だ！　この、この手を……。」

と次第に細り行く仙太の声に、お照は狂気の如く身を悶えて、執られし袂を振放たんとあせれば、闇に

面《おもて》は見えねど、

「こ、殺すのか！　俺を、お、俺を殺すのか！」

と怨《うらみ》籠めたる男の声に、お照はさながら電気に打たれたらん如く、全身ぶるぶると顫わせしが、ついに思切《おもいき》りて握りし仙太の手を放しつ。後なる男を引揚ぐると共に、己は身を躍らしてざんぶと逆捲く水に飛入り様、流行《ながれ》く仙太の頸《うなじ》に両手を搦みて、二人は濁に濁れる千丈の浪の底の底へと沈行《しずみゆ》きけり。

翌日虫の息なる一人の男を乗せて、とある小島の頂《いただき》に流寄りたる一枚の戸板あり。乗りたるはお照が夫の源造なりき。

破靴

山岸藪鶯

《右》

余は陸中国釜石の産《うまれ》なり、家富みければ夙《はや》くより出《いで》て東京に学びしが、二十歳の春を迎うるに及びて米国紐育《〔ニューヨーク〕》府に遊学しぬ。

ひとところ降雨時節《〔レイニング・シーズン〕》に逢いて、いたく余が靴の破損しける程に、繕わせんとて兼ねて知人《しりびと》なりけるハミルトン街の靴師ギルバーが許《もと》を訪れたり。

ギルバーは生まれ落ちての靴師にはあらず、旧《もと》田舎代言を業とせる世にも恐ろしき社会党員の成《なれ》の果《はて》なりける。かれはかかる閲歴もて「社会論者」として多かる在留愛蘭《〔アイルランド〕》土人の中《うち》に知り渡れる屈強の人物なりければ、いつしか物語は社会問題に推し移り行きて、聴くも可笑《おか》しき朴直なる愛蘭土弁もて説き出でたる議論の中には往々《まま》人を驚かすに足るものあり、さすがに余も感に入りて黙然と傾聴しぬれば、ギルバーは端なくも鎚《つち》もて靴の釘をば打たで、仕事台を打ち敲きつつ。

「かく論じ来ぬれば……」

となおも何やらん説き出でんとする時、扉鈴を響かせ静かに戸を排して入り来《きた》れる人の気勢《けはい》ぞす、何心なくふとうち見やれば、年のころ二八〔十六歳〕にも満つまじき少女《おとめ》なり、衣裳はいたく垢つき汚れたれど、天真《うまれえて》の容顔玉をも欺き、梳《くしけ》ずらぬ髪の毛黄金色《こがねいろ》の絹帛《きぬ》を引き揉《たも》めたる風情あり。余はその時ブライアントの詩篇に見えける「菫菜花《すみれ》売りの乙女」を想い起し、そぞろにこの少女を見詰めいたり。

少女は小供に相応《ふさわし》からぬ釦鈕《〔ボタン〕》締めの大人女靴を穿《うが》ちて哀れにみすぼらし、念《おも》うに母親のものにやあらん、歩むに靴を引き擦りて足の脱け出るを禦《ふせ》ぎつつ、物売台の此方《こなた》に進み寄り、余を見回《みかえ》りて会釈せしが小脇にしたる古新聞の小包をときて少女靴一足を取り出し、うち沈みたる声音《こわね》もて言いぬ、

「此の靴を繕いてたまわれ、価《あたい》は幾何《いくばく》にて……」

勿論　英《〔イギリス〕》　語にて言いたれども、言葉の訛《なま》りは耳触りにも著《し》るきむしろ仏音なりき、靴と言うは名のみにてさながら襤褸《ぼろ》を団《まろ》めたらんようなる怪しき靴なりしなり、ギルバーは商売柄とて極めて愛想好く。

「畏《かしこ》まりぬ」

と軽くうなずき、手に執り上げて仔細らしく靴の表裏を熟視せしが、

「こは余りにひどし」

かれは声低き愛蘭土訛にて呟きしが、さらに英語もて少女に向かい。

「繕いせば繕いの得ならぬ事もあるまじけれど、価いと高うつきて和子《わこ〔ママ〕》の不利ぞかし、云々《しかじか》の旨母様《ははさま》につげ参らせて新しき靴をな需《もと》め給え」

と言いつつ気の毒気に少女の手に渡したり。

少女はいたく失望の体《てい》にて。

「さなるか」

靴を受取りて本意《ほい》なげに以前の新聞の上に置きしが、あえて再び包まんともせず、両手を物売台の端に掛け、黒き麦藁帽子の半面を余が方に向けたるまま、力なげに差し俯《うつむ》き。

「また明日も学校へ行くこととえならずとか」

少女は独語《ひとりご》ちたり。「何故《なにゆえ》に」、余はかく胸の裡《うち》に疑問を漲《みなぎ》らせ、静《しずか》に少女の横顔を覗き込みしに、この時少女が藍色の眼の中より溢るる涙は長き睫毛《まつげ》を伝わりて牀板《ゆかいた》に滴《したた》れいたり。

《左》

余が情は動きぬ、その何たるの仔細は知る由《よし》なけれど、いとど不便《ふびん》と思いたれば、慰めやらんものと、やおら温顔をもて寄り添いつ、軽く少女の肩を撫《ぶ》して、

「何とてうち泣き給うにや……明日学校へ行くことならずとは……事の由語りてよ」

切れ切れなる言葉もて問いかけたり。少女は徐《おもむ》ろに顔を挙げて応えぬ。

「家母はいと長く病み煩い給えど参らすべき薬の代価《しろ》さえなきものを、いかでか我が靴を購《あがな》い得べき、この靴のかくも破れけるほどに、昨日も今日も学校を休みにき」

言いて涙を押し拭いぬ。余はかさねて問いつ、

「卿《おんみ》の父君は如何にかし給いつる」

少女は余をじっと見詰めたりしが。

「君は能《よ》き人なりと見ゆ、好《よ》くも問わせ給いぬ、父上とか、その父上さえ在《お》わしまさばかかる憂目は見ざりしものを、母上を初め我が身妹弟の四個《よたり》の家族、父上に連れられて仏国《フランス》よりこの国に移住せしは去年《こぞ》の夏なりき、父上は鯨猟船サンテヤナ号の船長におわせしが、過ぎつるこの年の始め、その船の布哇《ハワイ》の近海に難破しける時幾人かの水夫と倶《とも》に、お、溺れて果敢《はか》なくなり給いぬ」

と言い了《おわ》りてしばし涙に咽《むせ》びしが、衣嚢《かくし》より小《ささや》かなる手巾《ハンカチ》を取り出して涙押し拭い、

「幾何《いくばく》かの父の遺産は債主のために奪われ、母人《ママ》が便りにとて心掛け給いし生命保険の料金《しろ》も、父の遺骸の見当たらねば会社にて払いはえなさず、ああ、我等ほど世に薄命なるものはあるまじ」

余、艱難辛苦を経来《へきた》れる余が、目前《まのあたり》、しかも感触のもっとも深き所より発する泪《なみだ》の雫《しずく》を、千糸万縷の情に籠めて、神聖なる天職を担う可愛の少女の口より聞きし時に、余は如何に悲哀の感情に掣肘《せいちゅう》せられしか、余が聯感は全く消沈し終らんとせしなり。

余は一語をさえ発するに遑《いとま》あらず、いくつかの銀貨を少女に与え、かつギルバーに向かって余がために少女の破靴《やれぐつ》を繕わんことを求めしに、この朴直漢もいたく感動せしと見え、快く承《う》けひきしのみならず、一仙《セント》の価《あたい》をも取るまじと言いたり。少女はうち悦びて繰りかえし謝しつつ立ち出んとして、恥気《はずかしげ》に堅く余が手を握り、

「情ある君、いかでか君が情を忘れ侍《はべ》らん」

と言いて熱き唇もて余が手を接吻せし時に、余は最早や怺《こら》え得で、我を忘れて。

「哀れの少女！」

と叫びつ、はかなき一滴の涙を少女が皓《まっしろ》き襟項《うなじ》に印したり。

＊

その後幾歳《いくとせ》かを経て余は学位を担いて帰朝したりしが、外務省に職を奉じて劇務に従事せしかば、かねて思いしにも似ず、釜石に帰りて父母の君を訪ずることのいと稀なりき。

一日飛電《ひでん》は到りぬ、大海嘯《おおつなみ》は不意に起こりて釜石全市を洗い去れり。

余は驚愕の間に急装して故郷に到りしが、その蒸々《じょうじょう》として熱湯の湧沸せるが如き釜石の繁華は跡方もなく消え失せて、蓼々《とうとう》たる無心の波浪に浜辺を洗わるる一寒村となり了《おわ》りぬる。不幸中の幸いともいうべきは父母の君は僅《わずか》に軽傷を負いて、あやうき命を拾い給い、米国の貴女シモン夫人の特志《ママ》に依りて立てられたる救済病院に入りて扶助されつつありたり。シモン夫人とは何者ぞ、目下日本漫遊として東京の帝国ホテルに滞在しつつありたる、米国紐育の富豪シモン氏の妻女なりという、余は紐育に遊学せる縁故《ちなみ》を思い、名刺を通じて面会を求めけるに、夫人は快く面会しつ、余が顔をつくづく熟視せしがはたと手を打ちて言いぬ。

「いかでか君を忘れ侍らむ、君はよも破靴の少女を忘れはし給わじ。」

神の裁判

柳川春葉

「何故《なにゆえ》に罪なき余を罰し給うや、如何《いか》にも余は金貸《かねかし》なり、高利貸なり、貧民には鬼と呼ばれ、人並の交際《つきあい》すらなすを得ざりし金貸なり。されども余は決して不義の宝を握り、また過酷なる利も貪らず、たとい世人はいかばかり余を憎みたりとて、いかばかり余を爪弾《つまはじ》きしたりとて、そは決して余の罪とすべきものにあらず、善《よ》し、余は今人外《にんがい》の如く社会に擯斥《ひんせき》され、侮辱され、罵倒さるるとも、そは職業のためにあらずや、見給え、余には妻あり子あり、もし妻子の路頭に餓死するを思わずば、疾《とく》よりかかる業は廃すべきも、そは元来《もとより》なし得べきの事にあらねば。ああ、余が金貸の業を罪ありとせば、世間幾多の商人等は等しく罪とせらるべきものに非ずや」。

「何故に罪なき余を罰し給うや、如何にも余は金を借りたり、如何にも余は借りたる金を返す事をせざりき、されども、そは返すべき金のあらざりければなり、余とても初《はじめ》より返すべき的《あて》なくして何ぞ金を借る事をなさむや、予《あらかじ》め期限を定めて、幾何《いくばく》の金を融通せしは、それまでに余が手に入るべき利潤の、返金するもなお余りあるを知りたればなり、されども、天は余にその運を与えず、余が業《わざ》は敗れ、余が目的は空しうなりて、終《つい》に如何にともすべからざるに到りたりき、余が借りたる金を返さざりしを罪なりとせば、その罪は天のなせし所のものにあらずや、ああ、余に何の罪かあらん」。

「何故に罪なき余を罰し給うや、余は政治家なり、しかして余は世に於《おい》て何等の罪を作りし覚《おぼえ》なきのみならず、むしろ世人の上に大なる幸福を与えしにあらずや。世はある時は天に代りて人の罪を定め、人の善を称《あ》げ、なお人に自由を与え権利を与えたりき、またある時は多くの人に代りて国の面目を保ち、名誉を揚げたりき。ああ、今我に罪ありとせば、幾千万の人々を如何にせむ、余に罪なし、余はむしろ幸福をこそ得べきものなるに」。

「何故に罪なき余を罰し給うや、余は盗賊なり、余は社会に於て日光の及ぶところ、正義のあるところに生活するを容《ゆる》されざる盗賊なり、されども、余は聊《いささ》かの罪だもあらざるを信ず、余は今病みたる老母を持てり、しかしてその病みたる母に薬を与うべき財《たから》なかりき、余は元来《もとより》正しき業《わざ》を行いし者なり、されど、そは母を養う事能《あた》わざりき、余は正直なりし、されど、余が正直は到底母を救うを得ざるを如何にせん、余とても盗賊の悪事なるを知らざらんや、されど、盗まざれば母の命を繋ぐべからず、故に余は盗みき、富みたる人の財を盗みたりき。見給え、余が盗みたる金は富みたる人の一席の娯楽に消費さるべきものなるを、余は富みかつ驕《おご》りたる人の財をもて貧しき者の薬となすことの罪なるを思わず、ああ、余は孝子ならずや、もし余にして罰せられむか、世上の孝子は等しく罰せらるべきに非《あら》ずや」。

「何故に罪なき余を罰し給うや、余は軍人なり、余は多くの人を屠《ほふ》りき、余の刀は血を見んがために鍛えられ、余が眼は屍《かばね》を見んがために与えられたり、余は砲煙蓋《おお》い、銃火閃く戦場に於て、幾多の人を屠りき。

されど、そは決して余の罪を定むべくもあらず、余は国のために、また君のために戦いぬ、余は私《わたくし》の怨みのために未だ戦わざるなり、余に何の罪かある、世人は余を目するに国の花という、もし余にして罰せられんか、さらば余の罪は愛国なり、忠君なり、ああ余に罪なし、故に罰せらるるの理なきに非ずや」。

「何故に罪なき妾《わらわ》を罰し給うや、妾は浮世の浪に巻かれて賤しき流《ながれ》の身とはなりぬ。妾は娼妓なり、ああ妾が身の如何に浅ましきかは、妾自らとて知るものを、何とて好みてかかる中《うち》に身を投ぜんや、妾は実に親のために身を捨てしなり、親の急を救うべき金に代えられしなり。妾は如何にも人を欺き、また人を陥れぬ。されどもそは罪を定むべくもあらず、ああ人の娯楽に供せらる妾にもし罪ありとせば、世に人の楽《たのしみ》に設けられし凡《すべ》てのものは等しく罪となるべきにあらずや」。

「何故に罪なき余を罰し給うや、余は如何にも素封家なり、余が世に在るや、許多《あまた》の財産を持ち、しかして人の上に推《お》され、人の上に貴《たっと》ばれ、ある限《かぎり》の名誉を与えられぬ。余が手を動《うごか》せば幾百の人走り、余が手を懐にすれば幾百の人は静まる、余は人の世に於て富てふ《〔という〕》力を持ちぬ。しかも未だ少しの罪を犯さざるなり、たとい余が出《いず》るや駟馬《しば》に鞭《むち》ち、居《お》るや山海の珍味に飽くとも、決して罪となすべきにあらず、ああ余は己の能《あた》うだけの奢《おごり》をなし、己の及ぶ極みの数奇《すき》を尽くせり、されどそは己の富をもって求めたるものにあらずや、もし之をしも罪なりとせば、世に金銭のあらん限りは人の罪は失《う》せざるべきを、ああ余は少しの罪をも造らざるなり」。

「何故に罪なき余を罰し給うや、余は詩人なり、余は天より与えられたる職を尽しぬ。余は毫《ごう》も罪《つみ》せらるる理なし、ああ余は天賦の任を行えり、しかして今ここに罪せらるるはこれ何たる不幸ぞや、ああ何たる不幸ぞや、余が世に在るや世に遇《あ》わず、人に容れられず、生涯貧の中《うち》に苦しみしを、今はまたかく情《なさけ》もなき境遇に身を沈めんとは、情なし、真に情なし、ああ余の涙は迸《ほとばし》れり、余の心は燃ゆ、余は何時《いつ》までもかかる不遇の内に在るべきか、余は実にある時神を罵りぬ。されどそは余が罪を定むべくもあらず、ああ余が神を罵る時は、心の狂える時なりき、情の燃ゆる時なりき、余は之《これ》をもって罪なりと信ぜず」。

「何故に罪なき余を罰し給うや、余は何によりて罪せらるるぞ、余は神を知り神に事《つか》うる宗教家に非ずや、世に在りては神の栄光を説き、罪ある人を御前に導きぬ。余が渾身は神に献じ、余が全心は神の御手に繋がれたり。余は罪を知る、余は罪を犯せし事あり、されどそは直《ただち》に神の前に悔いかつ改めしに非ずや、さるを今ここに多くの罪人と共に罰せられんとは、神よ余は人を救いぬ、バイブルや讃美や祈祷や凡《すべ》ての事は尽せり、さるを今かくも悲しき時に遇い、神に事うる身として神の前に罰せられんとは」。

喧々囂々《けんけんごうごう》として幾百万の人はいちいち己が渾身の血を絞りて、ここを先途《せんど》と己が身を弁護しつつ喚《わめ》きぬ。我はその余りに騒がしきに驚いて四辺《あたり》を見るに、ここは何処《いずこ》とも知らず、日の光眼も眩まんばかりに輝き渡りたるに、正面には光る衣を着し幾多の使徒ありて、集まり来る人の罪なきと、罪あるとを分ちおれり。

罪ありと定められたる人々はなお続かん限り罵り騒ぎつ。我はその恐ろしに堪えずして、何事ぞや、と傍《かたえ》に立てる天使の袖を曳きつつ質《ただ》せば「神の裁判《さばき》」と答えぬ。

「さては予《かね》て聞く神の裁判なりしか、さるにても彼等罪人の言うところは実に理《ことわり》あるに非《あら》ずや、彼等は何故にかくせらるるや」。「友よ、そは汝の知るところにあらず、ただ彼等は眼《まなこ》なき者なり」と我が天使は告げぬ。

「眼なき者とや」と我はなお怪訝《けげん》に堪えざりき、天使は答えんとはせで一方を指し示しつつ、「見よ、かしこは罪人が永久《とこしえ》に苦しむべき獄《ひとや》なり」。ああその獄の恐ろしさに、そこは暗黒なる谷の底深くして、冷《ひやや》かなること氷よりも甚しきを我は慄然として退《すさ》りつ。

この時たちまち多くの人の一様に叫《さけび》連れてここに入来《いりく》るを見る、彼等は一同に神の裁判を待つらん如く、一処に群《むれ》集いて声々に叫びぬ。

「何故に我等はここに来りしか我等はここに義とせらるべきか、はた罪とせらるべきか、我には罪なし、我には罪なし」。

余は彼等の他と異れるを見て、三度《みたび》我が天使の袖を曳きてその何者なるやを問えり。

「知らずや、彼等は過ぐる日海嘯《つなみ》のために死にたる三万余の人なり」。

「さては三陸なる我が不幸なる同胞なりしか、天使よ彼等は実に不幸なる者なり、余は彼等のここに義とせらるべきを信ず」。

「そは我の知るところに非ず」。

と答えて天使は我が手を執《と》りて言えり。

「来たれ汝の帰るべき時は来ぬ。」

*

こは夢なりけり。さるにても余りに事の不思議ならずや、彼等幾万の同胞は如何にかせし、我はその裁判《さばき》を見ざりき。疑わしきは神の裁判に非ずや。

人よ罪あるところには必ずその報いあるべしと謂《い》うや、さらば我が三陸の海嘯はノアの洪水、ソドム〔と〕ゴモラの大火と一《ひとつ》にすべきか、果たして然《しか》るか。疑わしきは神の裁判のみ。ああ我等は何故にこの大害の来りしやを知らず、また神の裁判をも知らざるなり、されど彼等三万不幸の人は今天に於て義とせらるべきか、然《しか》り義とせらるべし、少なくも四千万の同胞がこの麗しき涙と熱き心のあらん限《かぎり》は。

やまと健男

依田柳枝子

岩手県南閉伊郡大槌町に近衛歩兵一等軍曹佐々木留吉といえる人ありけり、先つ比《ころ》、台湾島の戦に従い、すぐれたるいさお《〔勲〕》ありて、こたび勲章をたまわり、いさましく凱旋せしかば、ところの人々いたくよろこび、こは町の誉《ほまれ》なりとて、六月十五日某の楼に大いなるうたげを開き、この軍曹をはじめ人々をまねき、煙花《はなび》うちあげなどなにくれのもてなしあり、はてはおのおのいくさがたりをはじめん、軍曹は台北にありし時、賊のためにおそわれしに、我軍はいささかも屈せず戦い、賊あまた打ちとりければ、さすがの命しらずものも、ほうぼうににげさりぬと、当時のさまをいさましくかたりければ、聞くもの皆手をうち声をあげてほめののしる声いまだ終らざるに、俄《にわか》におそろしき音しければ、こは何事というやいなや、山なす浪の勢いはげしくよせ来りぬ、軍曹はいささかもおどろかで、こは津浪なり、たとえいかなるあだ《〔仇〕》のせめよせくとも、我ここにあるうえは人々よ心安かれといいもあえず、つきくる波を物ともせず、よし我が身はもくず《〔藻屑〕》となるとも人々をたすけでやおくべきと、高浪をおし分け、手にあたる男女をいくたりとなくすくいとりて、これを高き岡にのぼせ、なお余りの人を救わんとあら浪のうえに飛び入りしかど、ついによせくる潮《うしお》とともに姿はきえて見えずなりぬ、一日すぎてうしお引きさりたる後、この海の岸にあまたのなきがら《〔亡骸〕》ただよいつきしが、ことにあわれに覚えしはつるぎ《〔剣〕》をもてるままいきのたえたるますらお《〔丈夫〕》なり、あないさましきいくさ人かな、あまたの人をたすけ我が身むなしくなりし後までも、なおつるぎをはなたざりしとは、あわれはかなきうき世かな、きのうはいわいのまどい《〔円居〕》にうち興せしますらおも、きょうははかなき、なきがらとならんとは。

櫂の雫

佐佐木雪子

聞きかじりの戦争《いくさ》ばなしにも、何でもかでも男の子でなければ役には立たぬ。隣村の吉《きち》のとこのあのわんぱく小僧が、ついしか見た事もない洋服なんぞ着こんで、大した功《てがら》をしたしるしだとか、えらい光るものをさげる様になったのも、男の子であったりゃこそ。もの知りがおであった祖父様《じいさま》の頃から、人手に渡っていた田地田畑を、今では美事とりもどして、あれこれのいいぶんたておったも、太兵衛《たへえ》が家の二番息子、惜しや惣領も命つないであるならば、まだまだ嬉しかろうにと、母親《おふくろ》の愚痴も無理にはあらず。女といえば、暗いうちから干潟をあるいて、貝がら位がやっとの事、薪《たきぎ》のたしの木切れ一本、太いやつはかつげぬ始末、ぼろにつつまる子供等に、女もったら往生と、よればさわれば口ぐせの様にいいはやせど、さすがにこればかりはさずかりものとやら、願ったり叶ったりとは十が八九はゆかぬもの、まあまあ育ててあげてみねば、どちらがどちらであった事か、よしあしもついそこに幸運《さいわい》を天より給わり、ぱっちりと開く黒目がちのかわゆらしさに、すべての欲は消えはててぬべし。

さてもだれかれの願い一つになりて、いとも深かりけん、去年《こぞ》より今年にかけて、この村にのみ七八人の男の子うまれ出《いで》ぬ。わきて近きころよりは、沖にてひく網の目をもれてのがるる小魚は数しれず、見るからに気持のはっきりする大ものばかりを、何艘かの舟にあふるる程つみ乗せて、楫《かじ》の音さえ勇ましう謡いつれて帰れば、岩と岩と重なりおうたるあたりは、藻も浮ばず、ひきてはかえす高潮に、きらきらとすき透りたる水の鏡をおのが住処《すみか》と、さまざまの魚はかたみに影をうつして遊べるも、ここらあたりにこぎよせて、おどろかし行く舟も今はあらぬなるべし。数うるばかりの軒をつたいて、喜びは更につきせず、昨日とすぎ今日とかわりて、いよいよ端午の節句になりぬ。

わしが家《うち》では女子《おなご》ばかりのところへ、こんどこそは男のたねがふって来たのじゃ。祝うて祝うて祝いあげねば心がすまぬと彼方にいえば、此方《こなた》にも、いやいやそなた衆はまだ初孫《ういまご》の味は知るまじけれど、しかも男じゃ、祝《いわい》にまけてなろうか、江戸名物の馳走をすると、顔も杖もほくほくと足もとあぶなげもなく、案内《あない》しまわるに、何はなくとも大漁の祝かたがた、我方へもといわるれば、少しは義理もあり、これではとんとらちがあかぬ、如何《どう》したものと思い思いに打《うち》よりての談合、そんならばいずれその夜は夜あかしじゃに、よい事がある。まず村長さまのおうちへ初出として、年の順にどこが方もぬかりなく、よばれようではあるまいか、一度に人々《みんな》つれだってゆき、盃《さかずき》一巡めぐり、吸物ほしつくさば、次の方に至り、今の先までの亭主は、いつか客に変じてかたるべしと、体一つにいそがわしき話はととのいぬ。さればいずこの家にも、いつになきもうけ、とりどりにたとえん方なし。板子一枚を命のまとなる者のみのより合いは、物事荒々しきにつけて、いいたい事は存分にいうてのけ何もかもあけはなしの気楽さ、おのが村の事としいえば、肩こぶしを打こんでの意地はありながら、ただ一つ他国のものときく時は、いみきらうというほどならねど、何となくしたしみかぬる風あり。解《げ》しがたき事なれど、こも昔よりこの土地の習慣《ならわし》とかや。

野飼の駒の三つ四つ位は、いつもつながれたる村はずれの小高き岡の上、雑草おもうがままに生《お》いしげりて、夜は蛍の物すごきまでむらがれるを、かたぶきかけし家の窓にながめて、かきあつめし蚊遣《かや》りくすぶらせおる男あり。ゆがみたる柱に背《せな》おしかけて、五つばかりの子をかたえに、網すくを見る事もありとか。いつも浜にてあう時は、よい程に言葉かわせど、この男のあまり口数きかぬが気にいらでか、または例の習慣にてか、徳利さげて話しこむものもなければ、女きれなきやぶれ家に、愛想こぼして通るものもまれにて、門の戸をあけるでもなくしめるでもなく、心やすげの生活《くらし》なり。かの案内ずきの老翁《おやじ》さえ、深くもあらぬみぞ一つ隔てたる隣までにて帰りゆきぬ。招く世話なければ招かれもせず、唯のけものとなりて、何とはなしに心ぼそげなり。朝からむしむしとむしあつけれど、極粉色《ごくさいしき》を見る如き空を見あげては、幟《のぼり》たつるなんどにて、賑わいは一《ひと》しおなりき。昼近きころより雲行とみに変じて、はらはらと板庇《いたひさし》をたたくや、見るまに空あい一面に黒く、ふりしきる雨は地をやうがたんとおもいやられぬ。今しも裏の畑に、茄子《なすび》ちぎれる女房は、籠をかかえてかけこむに、つみかさねし麦がらのかげには、四五人の小供等ようようにげ入りて、晴れの衣裳の袂褄《たもとすそ》よりしたたる雫《しずく》しぼりては、われと人とをくらべあわせて、さも恨めしげなり。夕されば全くやみぬれど、思いがけぬ一二度の地震、やすき心もなきが中にも、こは晴れ渡る前兆《しらせ》ならんなどいいあえるに、次第に雲きれて星の影さえ見ゆべくなりぬ。さはれ暗き事は更にかわらねど、いずこも砂原のぬかるみのうれいなければ、はや遠近《おちこち》に喜びの口上もれきこゆ。汀《みぎわ》には終日《ひねもす》おおくの舟のつながれたるまま、とまもしとどにぬれとおりて、折々よせくる波の音、いつにのう何事をかささやくに似たり。折から引きゆく潮と共に、海の方へゆらぎ出《いで》しもの音あり。やみの中にも波の光きらめき渡りて、物すさまじき大海を、木の葉の如き舟はうかびゆきぬ。やがて幽《かすか》なる火はともさるるに、「いやだいやだ、あっちへかえろう」と、船底よりついとかしらもたげて、さけび出せる子供の声あり。「ちゃん、なぜ町へいった時、鑓《やり》を買って来てもくれねえで、舟なんぞに乗《のっ》たんだい。行きたい行きたい、金ちゃんが、伯母さんのいいねえ時、お団子くれると約束したんだ。かえろう行こう」と泣きいだせば、「だだをこねるなよ、与太坊《よたぼう》。いい坊だぞ。お母《つかあ》はなくとも、ちゃんの子だ。つよくなれ」とすかせど、いよいよきき入れぬを、かた手に引きよせて、「他国のものだとて、去年引《ひっ》こしの日に、あいさつにまわった礼にもろくに来やあしねえで、何ぞというとのけものにするわからずやの寄《より》あいだ。さすがは町の衆はひらけたもんで、みじんきたなっけのねえおれの心に目をかけて、持《もっ》てゆく魚はいつも売りつくすが」と、おもきためいきに跡はもらして、わが子のかおつくづくと見まもりぬ。「でも、みんな今夜は三味線引《ひい》ておどるというもの、見たいやおいらは」としょげかえるに、顔をそむけて、「そんなに見たけりゃ、まてよ、あの岩一つこしゃ、竜宮の芝居が大方はじまってる時分だ。鯛や鯔《ぼら》のやつがぴんぴんとおどっていようよ。また常からこいしがるお母も、まっているかもしれねえ。さあおとなしくして、ちゃんのいう事をきいていろよ」と、いいこしらうれば、まだいとけなき心に、ほんとうかと嬉しげに、いつしか泣《なき》すすりせし声もやみて、すやすやとねぶりそめぬ。そなれ松ふきしおる風も遠くきこえて、あわれ一しお身にやしみけむ。「ああたよりにして来た親類にははぐれ一時は途方にくれながら、どこというあてもない身の、仕方なしにそのまま足はとめたものの、長く住《すま》うとも思いもしねえが、まだにぶいこの網に、仕合《しあわせ》だか不仕合《ふしあわせ》だか、かかってくるえものに、どうやらこうやらここでこそ生きのびもされるが、かわいそうに与太坊め」と、眠れる子の額髪をそっとなでて見て、「ひがみこん性《じょう》がつのるばかりだ。今夜も今夜なまじっか面白そうにはねくりかえるのをのぞかせて、みじめな思いをさせるよりか、こうやって苦しびのねえ海の上に、果しのねえ空を天井にして、守りしてやるがせめてもの慈悲と、察してくれろよ。ああ子供心に見たくもあろうが」と、われ知らずぬるるまぶたを、しいて見ひらかんとすれば、あやにくにこぼれ出ずるを、今は何事も打わすれてはらわんともせざるに、はたとばかり高き音して、波はほとばしりぬ。おびえて泣く子をしかと抱きて、「何かはねたんだな。馬鹿にびっくりさせやあがった。がおかげで意気地のねえおれも、しっかりしたよ。楫《かじ》もいつか放しちまっておったに、何ぞにぶっつかったらこなみじんだ。あぶねえ事を、どりゃ今の間に一網」と、ぬぎたる半纏《はんてん》傍らに打《うち》きせて立あがりざま、「明日の家業を夢にして、よいつぶれておるやつばかりでもねえわ。しきりとまぐろ網の声がきこえるわい。西か東か、舟のむく方におれもやろうよ」。岩をめぐりていずこをかたどるらむ。いさり火のかげ風にゆらめきて、楫の音遙かに過ぎ去れば、ひろびろとしたる海の上、唯波の声のとうとうと聞こゆるのみ。

＊

矢よりもとく岸のかたさしてよりくる舟あり。ほのぼのとあけそむる光は、はしよりはしと照しゆくに、夢かあらぬか、恐ろしの海嘯《つなみ》は、家をも人をもさながらはこびさりて、ありしかやぶきはかげも残らず。高き梢のたおれふして、しがらみとなりたるに、かかれるしかばねいくつという数もしれず。ようように生き残りたる人々は平常《ふだん》の勇気どこへやら、唯茫然《ぼんやり》として半《なかば》は物も分《わか》ちえず、親の名をよぶあり、妻をもとむるあり、かわいのわが子すくわんと物狂わしく走りめぐるあり。与太坊の父は、まずまずと多くの漁師仲間を岡の上なるわが家にいざない入れて、粥を煮るやら、つけ物をいだすやら、一人にて大勢へ心づくしのもてなし、そこには昨夜を沖にてあかせし与太坊も、そのまた舟に救いあげられし仲よしの金ちゃんと、老婆二人、敗れしたたみにうすき物しきて打ちふしおり。「金ちゃん、おまいあんな遠くまでおよいで来たのかい」と、無心にといいずるも泪なり。波たかく風あらくあやうげなる海上、中々にあやうからず。常はうとみいし人、中々にうとくはあらで、数十人の命つなぎしも、はかりがたきは天の御心《みこころ》なりけり。

電報

三宅花圃

きくよりやがて、胸のときめきて、心あたりのあるなしによらず、とる手もふるわるるや、あやしき心ならいなる。ひらけすすむ世は、御空《みそら》に蜘蛛手《くもで》なす糸すじの、ひなのあら野のさかいまでも、いゆきわたらぬくまなくなれば、とくこよなどあるに、よき事はいそぐべしとぞ、さのみよからぬ事をつたうるのみのものならねど、こやまことに人をさわがす声なりけり。

去年《こぞ》、一昨年《おととし》をこえし御戦《みいくさ》のほどは、号外号外とよぶ声に、戦捷《せんしょう》をつたえぬもなく、この声のさもいさまし気なるがうれしかりしも、あまたの人の、草むす屍《かばね》、みづく屍《かばね》と、かねてたのめりし事ならめど、あだ人の為にたおれしこそ、そもそも惜しき限りなれ、まして風出《いで》かわれる土地の、飲食のふさわぬ為に、病《やまい》てふ《〔という〕》敵にあえなくたおれしは、さこそみずからも、口惜《くちお》しう思いけめと、かなしともかなしきや。

ゆかりある人の、おなじう彼国《かのくに》に行《ゆき》つるが、あつき国の、このほどは如何に、世は秋風の立《たち》そめつれど、いまだうらめずらしとも聞かずやあらん、大木の如く生《おい》茂りたりという竹林に、さやかなる月の光を、今宵もみてやあかすらんか、いかなる夜床に長夜を詫《わ》うらんか、この地とおなじくつづれさせてふ《〔という〕》虫もやなく、しかいえば、衣服《きぬ》もいとうけがれけめ、糸のまよいをたがさすらんなど、老たるをはじめて、おさなき子ども、彼《かの》人のはしき妻などの、あくる朝《あした》よりくるる夕《ゆうべ》まで、彼地の事、彼人の上ならぬはなし。

これのゆかりあるは、男の事なれば、ひたすらに御戦の上おもいて、朝な朝なの新聞に、かつはえみのみゆる折もあり、いとう眉のあたりのしわみたる折もあるを、いずれ聞《きき》ても、早事《はやこと》のう世の中おさまりて、御戦も平《たい》らかに、彼人も無事にと彼方此方《あなたこなた》の心をおしはかりて一人心をくだきぬ。ある夕つかたの程、電報電報という声のあわただしさに、立出《たちいで》て、手にとるやがても、胸のふたがるようにて、あやしう手もふるわるるを、からく持てくれれば、はしいしておわしし人の、これも引《ひき》なぐるように、とり給いて、ひきさき見たまえば、羅馬《〔ローマ〕》字の読みにくきにも、すなわち目に入るは、死去てふ《〔という〕》言葉なり、何死去とや、と我かたわらより、さし出でてのぞけば、力なげに、かの電報を投げあたえたまいぬ。

こはいかなる事ぞ、とつぶやきつつ、手にとりてよめば、この死去しつるという日の前つかた、さるさまにもあらざりし便りもこしものを、たとえ、コレラてふ《〔という〕》病の、いかに劇《はげ》しくとも、思いがけなく、かかる事に、よも成りぬべきや、いつわりともおもわれねど、さて、まこととも、とうちかたぶきて、さしむかえる有様《ありさま》を見れば、うちそむきて、諸手をくみたまえしが、つと立《たつ》て縁をあなたこなた行《ゆき》かえりしたまう。

おだやかならぬこの状《さま》に、もよおされて、おのれも俄《にわか》に、またたどるたどるも胸のつぶるるに、しばしはおしだまりて、つい居たりしが、さて彼《かの》老いたるをはじめ、玉椿八千代とちぎりけん妻等には、いかにしてこを、と思うに、またも心のかきくれて、よき考えもつかぬを、ほとほと困《こう》じぬれば、行《ゆき》かえりしたまいしも、立《たた》ずみたまいて、今日はまず、彼方には秘め置《おく》べきぞ、老人の、さらぬだに、寝覚勝《ねざめがち》なるこのごろの長夜を、かかる事きさて、よもすがらいねずもあらば、いかに身の毒とも成《なり》ぬべし、秘めよ、秘めよ、今宵のほどに、なおかなしみの中にも、少しはなぐさめにもなるべき、言葉をおもい見よ、などのたまう。

まことに今宵は申さぬがよかるべし、さりとて、朝戸出の、心すがすがしき折にもまた、と口ごもれば、実《げ》にしかぞかし、これもはた、つらき限りなり、さらば、朝飯過《すぎ》て、心も落居《おちい》ぬる頃、例の火鉢のもとに、煙草などくゆらす折のほどが、よかるべしとて、いうべき言葉どもを、おしえ聞けたまう。

この夜《よ》は、ことにしめやかにて、夜ふくるまで、ありしよの事どもをかたる。おのれも兄を同じう、ほど遠きさかいの、八重の汐路に、あとはかものう、別れつるに、引《ひき》くらぶれば、男心の雄々しくて、いとどくのちの事ども、かにかくとおもうたまうる様なるに、老人の上、妻子の上、さてこのゆかりをおもえば、かなしくわかるなるらん人の行末かと案じわずらうものから、さて、したしみはなき身の、さのみとどめがたき涙の、ほうり落《おつ》るとにもあらず、ただ胸いとうおぼえて、かにかくとかたりかわしぬ。夜はまたく明《あけ》はなれて、いつにかわらぬ鳥の声ども、いさましく、なきわたれど、まどろまぬ身は、よべの事、夢としもたどられず、ただ彼方《あなた》にゆきて、如何にいうべきをのみ、おもいわずらう。かたばかり膳にむかいて後《のち》さて今のほどという頃をはかりて、行けとのたまうままに、おのれはこの重荷をせおいて、となれる家にゆきぬ。

おもうにたがわず、このませたまう煙くゆらして、老人も妻も、心にまかす春霞、ゆたかなる状《さま》にて、笑う声さえきこえぬ。

今までは、心をしめて、気づよう、かくいいてんとならいしままをくりかえしつつ、ここにきつれど、かくのどかなるさまを見るより、あやしうわれにもあれず、取《とり》みだされて、ひたと坐して、下にうつぶせば、彼方の二人は、おさなきを膝などにのぼせつつ、いと早う、いかにして、いざたまえ、よき茶、今出花にて、など何げなきさまなりしが、我有様《わがありさま》に、彼妻《かのつま》なるは目をとめてや、いぶかし気にさしよりぬ、と見るより、こらえこらえ、しのびつる、涙は、一時にいせき〔堰〕はなちたらん様に、滝なして、思いがけなき事にこそ、成待《なりはべ》りにけれ、といういうも、しいてたしかに、いわばやと、しるしる、言葉の、とだえて、さも聞えざりつらんを、彼妻なる人は、膝のべの、子をさしおきて、何、我夫《わがつま》の如何に成ぬとのたまう、まだ病めるにか、早事《はやこと》きれぬとか、病は何、コレラにてもや、とつと膝に、膝をつきかけて、いささか面はあこう成りたる様なれど、いと雄々しくもといかけぬ。

甲斐なき心と、励ましつつも、なおとだえ勝《がち》なる言葉に、電信の文よみきかして、かねてならいし言葉も、おもいはかりし心掟《こころおきて》も、またまた無用のものにして、ただただわれのみぞひたなきになかれぬ。

妻なる人は、まだ一雫の涙もなく、羅馬字〔ローマ〕の電信を、かつ見、かつまきかえして、まことしからずと、いうが、まことに、まことしからずおもえる様なれど、今我有様に、われにも聞かずして、とくにさとりし、夫婦《いもせ》の中の情《なさけ》の、おのずから通うなるは、いと底ふかければか、ただちには、あらわれぬべきさざなみも、立《たつ》さまなく、なおも煙管《きせる》など、手まさぐりにするを、われのみ一人、秋しり顔なるが、いぶかしくや、おさなき子二人は、目をはりて、いつにはあらず、おとなしうつい居たり。

鈴のひびきに、おどろきて見かえれば、仏棚に老人のぬかずきて、早《はや》あかし〔灯〕も供えられ、線香の煙ほそぼそとたちて、水さえも、かねてここにありし折の、茶碗にもられたる、さすがにおそかならぬ心しらいなりや。

老人は、鼻うちかみ、もとありし座にかえりて、何事も、先つ世よりさだめられぬる事とはいえど、あまりにも、はかなかりつる事ぞと、のたまえば、いままでは、何事も思わぬさまのようにも見えし彼のつまの、手にもてる煙管投げすてて、宮様すらも、のがれがたき御病《おんやまい》の、その事ありしより、下々なるは、いかに、これこそは、いかなる勇ありとも、のがれがたき者なれば、とのみ、夜も昼も、案じ労《わず》らいつるぞかし、とてよよとばかり袖も袂も所せげにはじめてこの時ぞ泣き出でぬる。もとよりとどめがたき涙の、おのれも、ともなきになきふせば、老人は、目をふたぎて、火鉢により伏す。

おさなき二人が中の一人は、何事ともしらず、心細げなるさまに、鼻声になりて、なきふせる母の乳をさぐりもとむるを、おのれは引すえて、さわせぬものぞ、今日よりは、おとなじう、母様に世話かけさせたまうな、といえば、ワット泣きたつに、またも、おとなも、声惜しみあえず、少し物心しれる一人に、老人の、父様は、かくれたまいぬとよ、とのたまえば、ここにて早聞きしりたりといわぬばかりの顔ふくつかにして、袂にうちおおい、縁の隅に逃げ入りて啜りあぐる気勢《けはい》す。

去年の秋の、この村雨より、今年の梅雨まで、ぬらしそぶるばかりの藤衣は、にわかにはれしこの頃の空に、やや心も、袖も、かろうぬぎかえて、のちの事ども、思うように成りしに、またいまわしく、心落居《おちい》ぬ電報は、三陸の海嘯《つなみ》の報知《しらせ》をもてきぬるぞうたてきや。

されど、これはゆかりの人もあらず、ただただ御国の大御民《おおみたみ》の、かく波の藻屑と成りしが、かなしく、その人々のかなしみも、思いやらるるにつけて、この人々の物がたるよう、この度の事なん、御戦の折にもまして、人数《ひとかず》多く、おさなき子、老《おい》たる人、家をも、たからをも、ともにもて行きし、わだつみの神の、いと憎みても、あまりあるに、わかき人々も、何の心かまえものう、君の為に身をすつるとしもなく、波のまにまに引かれ行きぬる心の、くちおしさ、あだとしむかう、から人の、丸《たま》うけ、剣にきられん時と、いかでおなじかるべき。ここなる主人《あるじ》の、コレラにてみまかりしは、軍人の丸《たま》うけにしよりは、恨《うらみ》おおけれど、さてこれも、公《おおやけ》の務《つとめ》のうちにこそあれ、此度《こたび》の変事なん、実《げ》にこよなき不幸の重なりしにて、かしのみの一人のこれるははそば、老《おい》くちてめならぶ子におくれにしちちのみ、咲《さく》花のかぐわしき少女子《おとめご》、かなしき事としもしらで、えましきうないなどの、家もなく、たからもなき磯辺に、うちよする波をこいしみ、いずくをはかと、魂《たま》よばいやする。ここののこれるは、忘れ形見もあまたあるに、はやたのみあるべき男児もあれば、かなしき中のなぐさめには、これをこそおもい出にすれ、海嘯にあえりし人々の残れるは、いかに、傷つきしはいかに、どこのゆかりの、かなしみも、今はさのみに涙にもくれず、日数《かぞ》えぬれば、かく人の上を思いやるかなしみの方《かた》深うなれど、またとあるまじきこのなげきを見し人は、何をなぐさめに、人の上をも思う折あるべきや、これよりましかなしみ、世にあるまじければ、磯山松を吹く風の、颯々《さつさつ》とつくるよもなきうらみはなおとこしえに吹きつたえて人々の心をいたませかつ、うきたる輩《ともがら》をいましめんとすらんとぞ。

のこり物

齋藤綠雨

床屋もすなる俳句が少々器用に出来たりとて、直《ただ》ちに文学領に引き入れんとするが如きは、殊《こと》の外《ほか》の馬鹿野郎なり。生噛《なまがみ》の美論などを強《しい》てこれに結び着けてよいよいのよいを極込《きめこ》まんとするが如きは、猶々《なおなお》の馬鹿野郎なり。われらが真似事の句を捕えて、かれこれ理屈めいたることを捏廻《こね》すが如きはいよいよもって馬鹿野郎なり。などと平気で言っているに至っては、一倍輪をかけた馬鹿野郎なり。世の中を馬鹿と言いはじめたら、言いはじめた奴からが馬鹿は勿論の事なり。

諸君は、義捐金《ぎえんきん》の額《たか》と姓名との新聞広告に出ずるを待つようなる当世的慈善家にあらざる諸君は、これなる文芸倶楽部に十何銭を投ずるを吝《おし》まずまことの陰徳を施さんとする諸君は、尠《すくな》くとも檀那寺の和尚さんが椀の芋を転がしたるときは、庄屋どん以下一統これに倣うて、やはり芋を転がすの昔噺《むかしばなし》を御ぞんじなるべし。ここに記す十五句は、先頃さる斯道《しどう》の先達に、こんな物はとて捨てられたるものなり。さればわれも、こんな物はとて捨つるなり。諸君もまたおなじく、こんな物はとて捨てたまえ。棄てて棄てて、つまりが口絵の写真版だけが画帖《がじょう》になって残っているも、さしたる不思議にあらず、海嘯《つなみ》は本年における歴史上の紀念《きねん》なればなり。但しその画帖をそっと引繰返した中から、地方美人のが出ようとも、それは前号の分とおもえば差し支えなし。

片枝は草蛙かゝれり桃の花
桃咲くや縁からあがる手習ひ児
この宿に画の上手あり梨の花
海棠や雨に口舌の腫れ瞼
海棠や項羽のむかし　騅《〔すい〕》不逝
物申す頭の上を燕かな
春雨や暮るゝ橋行く渋蛇の目
春雨やお次に釜のたぎる音
鬢癖を娘ぢれけり春の風
春風や玉屋の爺が額皺
春風やかりん花咲く塀の角
張板に蝶々まどふ日永かな
布子一貫あご髯撫づる日永哉
ぽつくりの其処を曲りぬ朧月

辻占の提灯重しおぼろ月

皆春の残り物なり、不句ありと地口《じぐ》る迄もなかるべきか、今の季節のもとはおもえど、去月中旬《なかば》より病に臥して、食を絶つことここに二週日余、何をする気もなし、きがなければ句にならぬぐらいの所にて、このたびは御免蒙るべし。以上は口述の儘《まま》、来合したる客人に筆記して貰いたるものなり。今に達者になって見たまえ、いわゆるこんな物の千や二千、三千は三膳の、飯粒ほどにもなき字数ならずや。何の雑作あるべき。フン笑わせやがるとは、かかる場合に申すべき言葉かと思わる。

厄払い

徳田秋聲

正兵衛といえるはこの村にて豪家《ものもち》の一人に数えらるる程の農民なるが、今しも三陸海嘯の義捐金《ぎえんきん》を集めんとて村役場の助役は来《きた》りつつ、刀豆《なたまめ》を植えたる畑の中に正兵衛を見つけて立ちながら話す。

それでは東北に大海嘯《おおつなみ》があったため三万の人が亡くなったというのだね、まあまあ近辺でなくて僥倖《しあわせ》だった、何百里とあるのだから、とんとさしさわりがなくて安心というものだ。

と余念なく豆の葉の虫を除《とっ》ている。助役は惘《あき》れ顔にて、

それですから義捐金を集めて、遺族を劬《いた》わろうというので、多少に係わらず戴きたいものです、新聞でも御存知の通り、惨状は目もあてられぬ次第ですから、惣兵衛、甚造、太郎作、次郎兵衛など、

その日その日をようよう細い烟《けむり》に暮らす小作人まで、それ相応に涙を揮《ふる》うて財布の底払いをする訳ですから、貴下《あなた》なぞはうんと御奮発を願いたい。

俺《わし》ん許《とこ》ではお寺の建立があろうが、学校の修繕があろうが、堤防の修築があろうが、先祖代々から一文半厘《りん》も出した先例がないので、村のことでさえそういうわけだから、たかが東北の果《はて》に災害があったって、いちいち銭を出す訳にはゆかない。

助役は眼顆《めのたま》を円《まる》くして、

たとい地面は千万里隔っていても、同じ日本国の同胞が、親も兄弟も亡くして路頭に迷い、子も孫もなくしてうろうろしたり、可愛い妻に別れ夫に死なれ、家も蔵も田地も金銀もなくして、生命《いのち》一つを繋ぎ兼ねるものがごろごろ幾何《いくら》あるか知れない、悪いことをした罰では決してない、天災というものは、例えば貴下のような正直漢《もの》でも用捨なく引《ひき》さらうのだから、救って遣《や》らなければ何《ど》うすることも出来ない、救わないのは人情を知らないというものでしょう。

いやいやそうも言われぬ、去年洋行帰りの大学者が演説には、西洋では勲功のあったものが難儀をすれば義捐をする、難儀をしなくとも、勲功さえあれば相応の敬礼とか褒美とかを遣るといったが、天災で難儀するものを救っていた日には、仕方がないだろう、こちらの利益にもならぬものに、難儀をなさるだろうといっていちいち挨拶をしていたら際涯《はてし》がないだろう、それよりか、俺は俺の田地の減らぬようせっかく倹約をする方が、相方《そうほう》厄介なしで心安いというものだ。

では貴下方に海嘯があって田も畑も一切流されて、生命だけ助かったと思召《おぼしめ》せ、誰か救ってくれれば好いとは思いませんか。

そんなことはないはずだ、こんなに倹約をして溜めた金を流されて堪《たま》るものか、また大切な金を流して活《い》きていて堪るものか、俺は寝る時でも倉の鍵はちゃんと枕元に置いて寝るし、一晩に二三度は倉から家の周囲《まわり》を夜廻りする位だから、おめおめ金を流して助かる様な馬鹿は見ない、要心が宜しくないから、人様に迷惑をかけるので、俺のように心掛《こころがけ》が宜《よ》かったら、地震があろうが、海嘯があろうが、生命より大事の金を流すようなことは毛頭ないはずだ。

でもそういう余裕《ゆとり》があれば誰も好んで、自分の親や子を流しはしませぬ、海嘯というのは寝耳に水で、煙草一服する暇にもう一面大海となるのだから、なかなかそんなやさしいことはいっていられないです、どうか理屈は後刻《のちほど》承わりますから、応分の義捐金を願います。

とすかせど正兵衛は、刀豆の顔ばかり見ていて。

俺はまだこの年になれど他《ひと》に藁一筋の合力《ごうりき》を願った覚えのないものだ、だから、鐚《びた》一文でも他に遣るのは胸糞が悪くてとても出来ない、こういうことはやはり、太郎作、次郎兵衛のような、不断《ふだん》から人様の合力で飯を喰ってるものにさせるが宜い、長いようでも日脚は早い、こんなことをいってると刀豆が段々虫に喰われて了《しも》うようだ、やれやれ。

と取合う気色も見えぬに、茶一杯饗応《もてな》されぬ助役は悄然《すごすご》として元来《き》し道に取《とっ》てかえしぬ、正兵衛は後見送りて、皺苦茶《しわくちゃ》の眉根を顰《ひそ》め、ああ厄払い厄払い。

『遠野物語』より

柳田國男

九九　土淵村の助役北川清という人の家は字火石《ひいし》にあり。代々の山臥《やまぶし》にて祖父は正福院といい、学者にて著作多く、村のために尽したる人なり。清の弟に福二という人は海岸の田の浜へ聟《むこ》に行きたるが、先年の大海嘯《おおつなみ》に遭いて妻と子とを失い、生き残りたる二人の子と共に元の屋敷の地に小屋を掛けて一年ばかりありき。夏の初《はじめ》の月夜に便所に起き出《い》でしが、遠く離れたる所にありて行く道も浪の打つ渚《なぎさ》なり。霧の布き《し》たる夜なりしが、その霧の中より男女二人の者の近よるを見れば、女は正《まさ》しく亡くなりし我妻なり。思わずその跡をつけて、遥々《はるばる》と船越村の方へ行く崎の洞《ほこら》ある所まで追い行き、名を呼びたるに、振返《ふり》りてにこと笑いたり。男はとみればこれも同じ里の者にて海嘯の難に死せし者なり。自分が聟に入りし以前に互《たがい》に深く心を通わせたりと聞きし男なり。今はこの人と夫婦になりてありというに、子供は可愛くはないのかといえば、女は少しく顔の色を変えて泣きたり。死したる人と物言うとは思われずして、悲しく情《なさけ》なくなりたれば足元を見てありし間に、男女は再び足早にそこを立ち退《の》きて、小浦《おうら》へ行く道の山陰《やまかげ》を廻《めぐ》り見えずなりたり。追いかけて見たりしがふと死したる者なりしと心付き、夜明けまで道中《みちなか》に立ちて考え、朝になりて帰りたり。その後久しく煩《わずら》いたりといえり。

II

一九二三年——関東大震災

凡例——震災篇

一、この第Ⅱ部では、一九二三年（天皇の暦でいえば大正十二年）九月一日、神奈川県、東京府を中心に、茨城県から静岡県にまで及ぶ地域を襲ったいわゆる「関東大震災」に材を採った作品を集めた。出典および底本については、巻末の「解説」を参看されたい。

一、作品本文については、原則として新字・新かなに統一し、くの字点の使用は避けた。「人人」は「人々」に改め、一部の漢字については拡張新字体を用いているが、ひらがなを漢字に直すことはしていない。

一、明らかな誤字、脱字、衍字は改め、脱字を補った。〔 〕は編者による註もしくは補足である。

一、ルビが必要な場合は、底本を生かしながら、編者が新かなで補足した。

一、改行は原文通りだが、句読点については、行末の省略等によるごく一部にかぎって、編者が補った作品がある。

一、副詞、接続詞、指示語など一部の漢字は、文体を損ねない程度でひらがなに開いた。

一、送りがなはできるかぎり原文を尊重した。

一、短詩型は右の限りではない。

一、いわゆる「不適切な表現」も改変することはしていない。

天変動く

與謝野晶子

もろもろのもの心より掻き消さる天変うごくこの時に遭ひ

天地崩《く》ゆ生命《いのち》を惜む心だに今しばしにて忘れはつべき

生命をばまたなく惜しと押しつけにわれも思へと地の揺らぐ時

大正の十二年秋一瞬に滅ぶる街を眼《ま》のあたり見る

休みなく地震《なゐ》して秋の月明にあはれ燃ゆるか東京の街

燃え立ちし三方の火と心なるわがもの恐れ渦巻くと知る

頼みなくよりどころなく人の身をわが思ふこと極《きは》まりにけり

都焼く火事をふちどるけうとかるしろがね色の雲におびゆる

人は皆亥《ゐ》の子の如くうつけはて火事と対する外濠の土堤《どて》

なおも地震《なゐ》揺ればちまたを走る人《ひと》生き遂げぬなど思へるもなし

震災後の感想

村上浪六

九月一日の大地震に引続いて前古未曽有の大火災を起し、比較的その繁栄力と産業力に縁の薄き山の手の一帯を除きし外《ほか》、大東京の全部を殆《ほとん》ど焼尽《やきつく》せしのみか到るところ死屍累々たるこの大惨禍に対して、さしあたり感想の一部を左に掲ぐ。

感想

本所の被服廠跡一個所で三万以上の人間を焼殺し蒸殺せしというだけでも、恐らく有史以来の世界戦争中に一時の死骸として実際これ程に累積せし事はなかるべく、その他に於ける処々の火に焼かれ水に溺れて死せしもの、家を失い産を失《うしの》うて飢渇に迫るものの生別死別の悲惨に彷徨《さまよ》うて泣叫ぶもの、その数いまだ幾何《いくばく》に上るやも知れざる人々に対しては、ただこれ涙の外に語るべき言葉も弔うべき言葉もないが、既に惨憺たる大震災の結果、かくなりし以上は已《や》むを得ざる不可抗力の事実として、現在の事実に落胆せず沮喪《そそう》せず狼狽せず悲観せず、大国民たるの非常時に於ける試錬《しれん》の態度ここなりという勢いに屈せず撓《たゆ》まず、寧《むし》ろ一種の偉大なる天の警告として新たに奮起し新たに努力し、いわゆる禍《わざわい》を転じて福《さいわい》とするの勇気で活躍せなければならない、満都の焼野原に死骸の山を築いたのは、あまりに不廉なる代価を払い過ぎたようだが、既に余儀なく払わされたる今日、いたずらに未練らしく愚痴を滾《こぼ》したり女々《めめ》しく泣言を繰返すべき時でない、これがため世道人心に一大訓戒を与えられ一大緊張を促されたる点より寧ろ安価なる犠牲物として、不幸なる死者に対し立派に申訳の立つべき世の中の遣《や》り直しと人間の出直しを示さなければならない。

虚栄に憧れて己の分際も弁《わきま》えざる僭越の華奢に対し、動《やや》もすれば人間と獣類との差別を混同せんとした堕落腐敗の恋愛的に対し、黄金万能の横暴者に対し、権勢欲望の狂奔者に対し、不埒なる偽善者や宗教家に対し、不真面目なる学者や思想家に対し、口ばかり達者な奴に対し、筆ばかり高尚めいたる奴に対し、その他あらゆる薄志弱行の徒に対し、無為無能の輩に対し、就中《なかんずく》、社会組織の欠陥に蠢動して寄生虫的の生活を誇れるものに対しては、実に再び得難き眼前の懲戒で、だしぬけに頭上《あたま》から熱湯を浴せかけたような工合を考えると、寧ろある意味より痛快に感ぜざるを得ない。

現実の地震は既に済み現実の火事は既に消えたが、今や彼等の精神上に前途不安の動揺ますます激烈を加え、今後に於ける彼等の生活状態は猛火の前提としてクスクス白い煙を吐きつつある。

いかにも気の毒だが、この一大惨禍に目覚めて改まり行く結果、これからの世の中は自己《おのれ》を助くるもの自己の力にありという事を実際に行うべき独立独行の社会で、ごまかして世間を渡る奴と働かずして贅沢をいう奴のために、もはや寸分の席を与うべき余地がないから、今度の地震よりもなおさら激しく、どしどし無遠慮に振い落されるに相違ない、実際また今までの世の中は案外に手ぬるく彼等を大目に見逭《みのが》し過ぎていた。

ところが今度という今度こそ、いよいよ大自然の猛烈なお叱りを蒙ったから、焼跡の地均《じなら》しよりも第一まず人間の地均しが行われて、いわば殆ど社会の改造上、さア出るものは遠慮なく出て余計な奴は邪魔になる引ッ込めという世の中だから、真に力のあるものは却《かえっ》て反撥的に頭を持上げるが力のない空虚な奴はピシャリと一時に凹垂《へこた》れざるを得ない、出来た惨禍は惨禍として、ともかくも面白い時節到来、これからが全く人間の力次第と働き次第で正直に酬《むく》われ正直に立つべき人生となって来た。

愉快といえば惨死者に対して何とも相済まざる訳だが、これほどの大変化に出喰《でくわ》して残ったもののためには、たとい家を焼かれても産を失うても、一列一体の丸裸から新たに出直すという事は実に面白い自然淘汰の配剤で、その復活力を試さるる点に人間躍動の真価を認められる、ぼんやりするな面を洗って出直せとは実際こうである、これを近来流行の宣伝語でいえば、お互いにウカウカせずと確乎《しっかり》いたしましょう、これを意久地《いくじ》なしの泣言でいえば、こう焼けて仕舞ったらどこにも首を吊る梁も棟居《かもい》もなくなった。

帝都復興という審議会の官制よりも、種々に講ぜられる震災善後策よりも、第一まず直接に人心を安定せしめた効能は戒厳令にある、しかも食料物資に於ける軍艦の働きと全地球の一周よりも多かったという

空中伝令の飛行機とは、実に感謝せざるを得ない。

その次に最も要領を得たのは暴利取締の励行で、この取締令はかつて米価騰貴の平時に用いて寧ろ反対に失敗したが、今度は慥《たし》かに伝家の宝刀ズバリと抜て、いかにも切れ味が好かッた。

その次に案外また心丈夫《じょうぶ》と感じたのは、汽車の窓から這込んで田舎へ落伸びた人間を尻目にかけながら見渡すかぎりの焼野原に踏止《ふみとどま》って乞食小屋に等しい中で、なあに生命《いのち》の物種はあるぞという勢いに復活の意気を示した市民の多かった事で、これには流石《さすが》の外人もいささか油断のならない国民と思ったらしい。

一面また当事者は頻《しき》りに流言蜚語を禁じたが、こういう非常の際に流言蜚語の行わるるのは余儀ない事で、のみならず一時の流言蜚語は全然これ何等の根柢なしと断ずる事の出来ない点もある。しかも流言蜚語の出所は不逞鮮人の襲来と見るよりは寧ろ不逞鮮人を教唆した邦人の危険思想と睨んだ点にあるから、どっちかといえば今後この危険思想に対する取締りの便利ともなり、また眼前これほどの惨憺たる恐怖に打たれた市民は期せずして危険思想に対する防禦の念を固めた点を考えると、国家将来のため却て利益の方が多かったかも知れない。

横浜と横須賀辺は東京よりも災禍激烈という事を聞及ぶが、実際に見た東京の本所と深川の惨憺は全く想像以外で、下谷は四方の猛火に包まれた中より奇蹟的に根岸の一部を残したばかり、浅草の観音堂と山門と五重の塔の瓦一枚も落ちずに聳えているのは、堂々たる文化建築の堅牢に誇った洋館の枕を並べて倒れたに対していささか皮肉の観がある、上野は一時避難者のため立錐の余地なく満山を埋《うず》めて実に悲惨の

極を示したが、樹木の多いのと岡陵《こうりょう》的の地利に救われて火を免《のが》れたのは何よりの幸いで、大西郷の銅像前から見渡せば、お成《なり》街道を真一文字に左右へ大火の舐め尽した跡、神田明神の石垣とニコライ堂の残骸と高架鉄道の線路筋が遊冶郎《ゆうやろう》の締め忘れた博多帯のように残っておる。

右に神田の丸焼けを顧みて万世橋を過ぎ今川橋を過ぎ日本橋を過ぎ京橋に至るまでの間、数かぎりのない銀行会社商店の悲惨中、わけて物の哀れを止めたのは三越と白木屋で、満都の華奢を唆《そそ》り集めた流行の根本場も槿花一朝の夢と化して仕舞って、更に呵《おか》しく目に付たのは到るところ金庫屋の焼け跡で、店頭《みせさき》に飾り並べた売物の金庫が悉《ことごと》く御覧の通り焼けて用に立ちませぬという保証を示しておる。

京橋を越《こえ》て銀座は下町の焼け跡と違い殆ど門並に骨ばかりの残骸を並べているのはなおさらの無残で、いわゆる銀ブラの都気分は再び味い得られず、五十年も前の田舎道と同じように瘦馬の荷車に乗合いながら往来しておる、もし今この銀座を耳かくしの七三で真っ白に塗った若い女がオペラバッグを手首にかけてブラブラ散歩でもすれば、ぶんなぐられるに相違ない。

新橋を越て芝一面の焼け跡、目に入るのは右に愛宕山の真正面に山内の森があるのみで、この芝の山内また上野の山と等しく一時の安全地帯として幾万の人間を猛火より免《まぬが》れしめたか知れない、品川に向うて次第に火の手は届かずなっておるが、ともかくも全東京の要点を占めた中枢の生命地は悉く焦土となって仕舞った。

幸い火災を免《のが》れた山の手の方面も、実は丸焼けにならなかったというだけの事で、地震のために潰れた家も尠《すくな》からず、潰れなくとも屋根瓦は落ち壁は落ち多少の傾斜を来して、しかも種々の関係上から平生《ひごろ》の親疎に拘わらず罹災者に押込まれて、たしかに半焼け位の損失を蒙っておるが、この際に文句は許さない、雨露の凌げるかぎり畳の敷けるかぎり苟《いやし》くも家というものの形を存するかぎりドシドシ心持よく引受けて慰め助くべきである。

山の手には華族とか富豪とかいう、平時に威張りぬいたものの広き庭園と広き邸宅のあるのは実に幸いで、平時に威張らして貰《もろ》うた威張料の支払い時として、大《おおい》に開放し大に同情し大に救助せずばなるまい、この際もし万一その門戸を閉じて一度なりと玄米の味を知らざるものありとすれば、よろしくその姓名を記憶して置くべき理由ありで、恐れ多くも摂政宮殿下さえ玄米を召上がった時である。

天災に非ず天譴と思え

近松秋江

今回の日本の天災は、歴史上、紀元七十九年のポンペイの肉欲都市がヴェスビュウスの爆発によって廃滅したのに比すべき唯一の世界歴史上の出来事である。

日本は、日露戦争が十万の人命と二十億の財を果たして最後に勝利を得た国難であったとして、勝利の戦争には失うところを償い得て、なお剰《あま》りあった。

そして日露戦争で国民の背負った二十億円の借財は、欧洲大戦の結果、日本の思い設けぬ意外の利沢に与《あずか》って儲け得た二十億円の利益によって、ほぼ差引勘定となった訳であった。ところが今回全く不慮の天災――しかも僅々五分間か六分間の短時間に起った出来事の為《ため》に、また五十億円以上の国富を忽ちにして灰燼にしてしまったのみならず、二十万人の生命を失ったのである。

今回の天災によって失われた国富は精密に計算して大凡《おおよ》そどれくらいのものとなるか、蓋《けだ》し二十億円に止まらない。或《あるい》は五十億円にも百億円にも上るであろう。そして十数万人の生命を失ったとすれば、日露戦争以上の損害であるのみならず、勝利の戦争とちがって、何等《なんら》の償う所がない。厭《いや》な例えだが、世界の最大強国と戦って負け戦をしたと同様の結果である。実に日本国の為に幾ら憂えても憂い足りない次第であるが無意識な大自然の盲目的破壊力に遭遇したのであるから、何処へ尻の持って行き場もない。

兎《と》に角《かく》これで、前年来欧洲大戦のお蔭で莫大なる余沢に浴していた日本は、恰《あたか》も英、仏、独、伊等の戦争国同様の憂き目に会ったのである。天は平等に渾円球《こんえんきゅう》上の国々に禍を下したのである。唯、飽くまでも好運に恵まれているのはひとりアメリカのみである。アメリカは殊に財力の上で愈々《いよいよ》完全に世界唯一最大の国となってしまった。

日本は、欧洲大戦の苦楚《くそ》を具《つぶ》さに嘗《な》めた欧洲の当事国同様の憂き目に出会ったが、それは仮《たと》い盲目的な大自然の破壊力に触れた為であったにしても、幾らか自《みず》から省みて厳粛なる天譴《てんけん》の感に打たれないではいられないであろう。実のところ近く二三十年来の日本国民はその国民的成功に酔っていた。殊に欧洲大戦の余沢に浴してアメリカに次ぐ成金国となってからは心ある者には苦々しいまでに好い気の骨頂になっていたものである。

試《こころみ》に思って試《こころみ》にみる。今から約三十年前の日清戦争に勝利を占め、ついで二十年前の日露戦争に大勝利を博してからというものは日本の国運の興隆したことは実に歴史上の奇蹟というべき事実であった。それは勿論日本民族の天賦の能力と、その努力心労の結果とであって、決して偶然にかち得た幸運ではなかったのだが、再三再四の成功と幸運とに酔った日本国民は最近大分無益の奢侈放縦に流れていたことは争われないのである。国民全体として、また各個人として、それぞれに日本人は努力もしたろうが、あまりに奇蹟的の幸運にも恵まれた。そしてその恩恵に甘え過ぎた形であった。為政者も被治者も勝利と幸運の結果、自省のない我利と無節制なる欲望の充実に向って趨《はし》ったのである。衣食足って礼節を知るというのも真理であるが、あり余る潤沢は無道徳を増長せしめる階梯ともなる。仮《も》し極度の不足は人類に不幸であるにしても、贅沢なる生活もまた人間の不幸である。さほどの精励努力を為《な》すことなくして贅沢なる物資が意の如く得られたのが日本最近数年の国民生活の状態であったのだ。

もしこのままに順調なる日が経っていったならば次代の日本国民は恐らく苦労を知らない金持ちの馬鹿息子の如き国民となったかも知れない。それは極端に譬《たと》えれば、ローマ帝国の末路の如きものとなったかも知れない。前来度々いう如く、日本は、五六十年前の開国維新以来日清、日露、欧洲大戦の三大戦役を経て、とんとん拍子に国運が栄えた。一度は負け戦の憂き目にも遭って塗炭の苦《くるし》みを嘗めるのが、これを一個人の生涯の完成の経路に就いて考えて見ても、むしろ好ましいことなのである。

今回の東京府、神奈川県両地方の震災と火災とは実に酸鼻の極であるが、暫《しばら》くこれを罹災当事者個々人の上についてのみ考えず、これを日本国民全体の上に降りかかれる天災として考える時に、自分は前述の如くに考えられるのである。天は無意識にして、大自然は盲目であるが、人間の主観はよく、それを有意義のものとして考えうる能力を持っている。即ち天は、曩《さき》に日本国民に、古今東西の歴史に稀れなる厚恵を下していた。日本民族は実にトントン拍子に成功して、身代も肥《ふと》り地位も向上した。日本が世界の強大国たる英米と肩を並べて対等の交際が出来、かつて英米をして遠慮せしめた強国であった独逸《ドイツ》、仏蘭西《フランス》、露西亜《ロシア》などを振顧《ふりかえ》って見るほどの国力を有するようになったのは、全然日本民族の努力勤労の結果でないとはいえぬが、むしろ不思議な僥倖《ぎょうこう》であったことは争われないのである。ところが今度こそはひどい辛い目に遭ったのだ。二十年の間三次の戦争で得た物質的所得は全部一度に吐き出してもなお足らぬかも知れぬ。

が、また思い返してみるのに日本国はその間に貯えた国富の資源もまた決して鮮少なものではないのだから、今後の経国済民の術にして、方策を誤らなかったならば、天災の為に蒙った損失を回復することも、決して不可能な事ではない。

それにつけても一層真剣な気持ちになって、つくづく思わせられるのは、無用の贅沢品や虚栄に充ちた装飾品などの絶対的禁止である。外国から輸入を仰ぐダイヤモンドとか、その他これに類する各種の装身具などは当分身に着けたとて何の効もない。それから絹糸織物なども殆《ほとん》ど無用である。日本人自身で絹糸を紡いだ着物を着ることを当分抑節し、全部生糸として欧米へ輸出することを先務とせねばならぬ。

これを要するに、堅忍不抜の勤倹貯蓄を第一モットーとして、日本国民は今後いくら少くとも十年間は辛抱せねばなるまい。

（十二年九月十日誌す）

日録

室生犀星

八月三十一日

駿河台の浜田病院に行き生後四日のわが子を見る。女なれば朝子と名命《ママ》す。妻もともに健かなり。

九月一日

地震来る。同時に夢中にて駿台なる妻子を思う。——神明町に出で甥とともに折柄《おりから》走り来る自動車を停め、団子坂まで行く。非常線ありて已《や》むなく引き返す。とき一時半也《なり》。

家内一同ポプラ〔洋画家の小杉放庵が作ったテニスコートで社交場〕に避難す。芥川君、渡辺君に見舞わる。

夕方使帰りて妻子の避難先き不明なりと告ぐ。病院は午後三時ごろに焼失せるがごとし。或いは上野の山に避難したるかも知れず、されど産後五日目にては足腰立つまじと思う。——駿台、広小路、本郷一丁目総《すべ》て焼けたりと聞く。されど空しく上野の火をながめるのみ。

夜ポプラ倶楽部にて野宿す。一睡なきほどに露にてからだ濡れたり。肺にて病める一家三人の一本の傘に露を避け、人々と離れて避難せるがあり、――また夜もすがら老媼の合掌して火の手あがる空を拝めるなどあり、上野あたりの煙の鼻に沁みてえぐさ言わん方なし。

二日

早朝、お隣の秋山、百田、甥、車やさんの五人づれにて上野公園を捜す、――満山の避難民煮え返るごとし。正午近く美術協会に避難中の妻と子と合《あ》う。妻は予が迎え遅き為《た》め死にしにあらざりしかという。上野桜木町に出で宇野君宅にて水を乞いしかど、引越し中にて果さず、隣家にて産婦に水を与う。――帰らんとして宇野君に会う。田端へ避難したまえと言い別る。

晩宇野君二十人の同勢にて来る。

三日

ともかく産婦と子供だけを国へかえさんと思い、俥の蹶《ママ》込みに米を用意して赤羽指して行く、途中暑気のためにみな疲る。

赤羽は二三万の避難人河口に蝟集《いしゅう》す。今日汽車に乗らんこと思いもよらず、とかくせるうち雨ふり日暮れる、――一同途方に暮れていしに、十六七の少女のありて、我が家の座敷空いておれば来りて憩《やす》みたまえと言う。一同黙然として娘さんに連れ立つ、――別荘風な家にて小田切和一と表札に書かれてある、――

主人出で来り此宵《こよい》泊りたまえという。予と妻、甥、女中、車やの五人泊まることになる。白飯のお握り出でしとき皆この家の主人の好意に泪《なみだ》ぐむ。

四日

早朝、岩淵の渡しを見るに、もはや人で一杯なり。産婦子供など列車に乗らんは命を棄てるも同様なりと通行の人々いう。

一同再び田端にかえらんことを思い、甥をして田端を見にやる。平穏也と告ぐ――時は日没に近ければ仕方なく此宵も泊ることになる。夕食に梨かじりつつ寝る。この家にも米なきごとし。銃声と警鐘絶え間なし。

五日

親切なる小田切氏に別れ汽車に乗る。

四五人の消防夫産婦と子供とをかこみ保護してくれる。しかもこの非常時にさえ産婦のそばに人波の押し寄せることを食い止めくれしため、ようやく窒息をまぬがる。

田端へ着き産婦ようやく疲る。

生後八日目の子供は上野の火にあい、赤羽まで行きしがその疲れもなくゆめうつつに微笑《わら》えり。さきに亡くせしかばこんどはどうにかして育てんと思う。世に鬼はなしの言葉ようやく身に沁む

六日

福士幸次郎君来る。君が家は深川なるによくも助かりしものかなと相顧みて言葉なし。

改造社の上村君来る。何か是非かけといわれしも断わる。何をか書かんものぞ、――佐藤春夫無事なることを知る。惣之助は如何と思う。

藤沢清造君来る。君は事変あるごとにいち早く来たらん人なるに、こんどはあまりに遅れたるため危からんと思いしなりと、これまた無事を喜び合う。

七日

堀辰雄君来る、本所なれば母を亡くせしという。父は隅田川の石垣にしがみつき漸く助かりしという。十九の美青年この一夜にて二十一二歳に見ゆ。ともに泪なくして語るべからず。

上村君再び来り書くことを命ず。きょう一日にて十五里歩けりという君の顔を見て書くことを約束す。

八日

芥川君宅に行く、ともに動坂に行き食料品とクレオソード《ママ》を買う。

夜、産婦発熱、下島先生提灯して来りたまう。オリザニン注射をこころむ。――国元には九月一日を以《もっ》て命日として仏花怠りなき由《よし》伝えらる。

九日

汽車の乗客静まり次第に帰国せんことを家内と相談す。郷里あるもののこの弱き心せんなけれ。――行きて己が身にふさわしき暮しを為《な》さんかな。

藤沢清造君来る。わが家に留まることを勧めしかど、下宿にて暮らさんと言う。文章倶楽部記者来る。

中央公論の木佐木君来る。

十日

午前六時佐藤春夫君来る。昨夜日暮里に野宿せしと言う。おたがい無事なりしことを語り、諸行無常の談尽きず、佐藤君一《ひ》と先《ま》ず大阪に行かんと言う。予もまた帰国せんことを語る、――午後一と先ず麹町の弟君のところへ行かんという。再会を約して別る。

鎌倉震災日記

久米正雄

九月一日。

鎌倉に来てより早起の癖つき、朝八時頃起床。夜来より驟雨《しゅうう》時々到り、荒模様なり。これでは今夏最終の土曜日も、浜の人出尠《すくな》かるべしと思いて、しょう事なしに机に向い、手紙など書き居たりしに、突如陰鬱なる地鳴りと共に地震起り、家きしみ初《はじ》む。やや暫《しばら》くして止むべしと思いしに、更に激しくなりて、茶の間との間の襖、小生の方に向い倒れ来りしかば、直ちに躊躇せず屋外に飛出す。揺れ初めしより約一分時ならん。予が脱出したるは、附近にて第一番なり。続いて人々出づ。と、見る間に、第二の激しき上下動到り。目前に立ちいたる母屋鶴見貝細工店の文化住宅、赤き瓦屋根を揺らつかせたるまま、海鼠壁《なまこかべ》ばらばらと剥ぎ落すと見る間に、街路に向って倒潰す。四囲の地鳴り、家々の轢《きし》みの中に、殊に倒落の音響を感ぜず。寧《むし》ろ活動写真のセットを崩し、乃至《ないし》は小児の組木の家を倒したる位にしか感ぜず。次《つい》で、その二階家に接したる低き母屋の日本家屋、戸と柱とをばらばらにほぐすようにして、見る見る屋根をその間に沈落せしむ。見れば更にその裏なる家は、潰れたる黄色の土蔵を背に負いて、半ばをその下に埋め居り、その上を越えて、家々に遮ぎられたる展望、急に低く開け居るに驚く。

顧みれば吾が亜鉛葺きの矮屋《わいおく》のみ、土台石の上にて上下左右、揺るるがままに揺られいて、別条なく、殆《ほと》んど傾きもせず。奇蹟とも天佑ともいうべし。

予はそれより直ちに海嘯の襲来を恐れ、直ちに馳せて、長谷観音の高台に登る。観音はやや傾きたるも、太柱ゆゆしく重き茅屋根を支えて、思わず感謝の祈願を籠めしむ。

直ちに左手、海を見晴らす覧台に至りたるに、傾き倒れたる家々を点在せしめたる。松や砂なる陸地の彼方、海はと見渡せばこは如何に、常に波の打寄せ居る渚辺、予等が日夕潮浴に嬉戯し居たる渚辺より、遥に沖へ二三町、或いは四五町、半里も引きたらんかと思わるる程に、海水遠く隔たり居て、小坪が鼻と稲村ヶ崎とを連結する一直線あたりに、白く波頭を騒がし居るを見る。予はそこに海藻か底岩かの黒斑を残して、残水静に天空を反映せる静寂の干潟を見たる時、至るべき大海嘯を思いて、実に慄然と息を呑みぬ。即《すなわ》ち急を告げんと思いて、観音の鐘を撞《つ》かんと至り見れば、鐘も既に落ちてせんすべなし。下に何事も知らずに居る人々の危険を思い、吾が身の安全を思い、如何せんと思い居る中《うち》にやがて予期したるより小さけれど、土用波より二三倍もあらんかと思わるる波、白く波頭を噛みて、干潟を満たし来るを見て、やや安堵の胸を撫で下ろす。されど、その海嘯も、鎌倉全土は没し尽さずとするも、材木座、由井ヶ浜、長谷、坂の下の海浜は、確《たしか》に浸し去らるべきを思いて、材木座なる知人の家が気遣いなるまま、危険を冒して山を下る。

途中、海岸通りを行きたるに、一の鳥居前にて小野君に出会い隣りなる山階宮邸にて、妃殿下直ちに圧死され、大妃殿下いまだ梁の下に居給うと聞き、災害のかかる雲上に迄及びたるを初めて知りて、いたく心おののきぬ。

至り見たるに、その知人の家は、瀟洒を極めたる中二階、完膚《かんぷ》なく倒落せるのみにて、人命に別条なし。庭に附近の家にて、梁下に圧せられ居たる女中、救い出され来り居るを見る。太腿部に柱の喰い込みたる痕、紫に凹み居たり。

暫らくそこに居たるに、附近の倒潰家屋内に、まだ救出されざるものあるも、太梁を背に負い、起すを得ざる故、鋸無きかと尋ね来るものあり。共にその家に至る。潰され居るはその家の若き妻君にて、嬰児を大切に下に抱きたるまま、その上にうつ伏しになり居るも、前後には動かし得ず、太梁は背の上半を圧して、しかも幸にその下に身を入るる空隙ありし為《ため》、生命には別条なく、「大丈夫か」といえば、弱々しき声にて下より答う。壁土土片の中より、浴衣を纏《まと》いたる腰部辛うじて見ゆ。人々そこ叩きて、「もう直ぐですよ、」と元気をつけつつ、ようやく鋸にて梁を切断したり。また別な棟の下には、四歳位の女児入り居り、弱々しく泣き叫び居たるが、予も人々と共に屋根に穴を穿ち、無事に救出するを得たり。その子供、小暗き屋根の穴の中より、予が手に出だされて、再び日光の下に出でたる時は、既に泣きやみて、眼をぱちくりさせたるまま、喘ぐが如く口を動かして、いうべからざる再生の歓喜を無言の中に表わして、予に獅噛《しが》みつき来りぬ。僅かに救出の手助けしたるのみなれど、その時の予が心、誠に嬉しき感動に満ちたり。直ちに彼らに濁りたる井水を与えたるに、こくりこくりと実に甘そうに飲みぬ。

それより田中純が許《もと》に至りたるに、彼が家は幸にも、僅か傾きたるままにて、木立深く広き庭には、既に全潰の厄に会い、僅かの空隙より出で来りし広津柳浪氏とその一家、及び附近の人々避難し居れり。

やがて、田中は二愛児を失いて、悲嘆に身も世もなげなる寺木夫人――もとの衣川孔雀君を伴いて、帰り来るに会う。平生元気なるドクトル寺木、悲痛に力ぬけたるが如く、後より沈鬱ながら従容たる態度にて入り来る。慰むべき言葉だになし。丁度《ちょうど》昼飯時にて、その二児は台所の石油焜炉《こんろ》の前に馳走の出来上るを待ちたるまま、上より潰され、直ちに火を浴びて、救出する暇さえ無かりしとか。

それより停車場前に出でたるに、そこらの向い側は八幡前まで、既に一面の焦土となり、残焔赤く天日を焦がして、遠く源氏山の松の輪廓まで、茶色に霞みたるを見る。

小町園を見舞い居たるに、長谷の三橋より火出で、今長谷通りは悉《ことごと》く火中にありと聞き、吾家も灰燼に帰し了《おわ》れるを覚悟して、急ぎ戻り見たるに全く再び奇蹟というべきか、火は隣りの母屋、裏の家まで燃え来りたるも、予が家の閾《しきい》前数歩の所に止まりて、残焔を上げ居るのみ。直ちに井水ポンプを汲上げ、消防を手伝い、幸いに事なきを得たり。避暑地生活の持物など、惜しからざるに、焼かざりし幸運を何というべきか。

既に薄暮。残りの火焔いまだ凄く四辺を照し、人影右往左往。再び小町の方に至り見れば、火焔の凄まじき赤影、残れる路傍の老松を照して、鎌倉最後の日の感愈々《いよいよ》深し。人々は一の鳥居迄の松の間に、不安と悲哀とに相塊まりて、なす事もなく夜の帳《とばり》の落つるを待つのみ。……

その夕、横浜の方に当りて、煙焔半空を蔽《おお》うを見る。

O家に至り、男手なきまま、護衛の役を勤めて、庭に畳を敷きたる上に、一夜を寝もやらず明《あか》す。

海嘯、震後十二時間を経て、再び襲来の噂あり。既にかくなり果つる上は、死なば諸共と思い居たるも、深更、四辺に火影もなく、ただ遠く横浜、横須賀の空に赤き雲の反映を眺むる外、ひたすら海の潮騒の音に耳傾けて、今か今かと海嘯を気遣える不安は、頻発する余震の度にびくつく不安と相俟《あいま》ちて、云うべからざるものなりき。

人々の中には、山に遁《のが》れて露営し居たるもの多しと聞く。

払暁、潰れたる小町園より火出で、不安更に募る。


九月二日。

晴天。屋根なき庭中、明るみ初むると共に蚊帳を徹す。握飯を食う。

午前中、海嘯の不安いまだ去らず。今度は二十四時後、即ちその日の正午頃に、襲来すべしとの説あり。十一時頃、沖に横須賀より駆逐艦着きて投錨の号笛を鳴らすや、それを海嘯襲来の警報と思い、或《ある》ものは犬の遠吠にて同じく襲来の前兆と感じ、周章して鉄道線路の方、山の方に逃ぐる者あり。予等も、手廻りの荷物を持上げしが、やがて虚報と分り落着く。

正午過ぐるも、海潮音平穏、海嘯の兆更になし。人々安堵の胸を撫で下ろす。

午前、横須賀より、山を越えて帰り来りたる人あり。町々の倒壊、同じく甚だしく、死傷算なしという。初めてこの災害の一鎌倉のみならざるを知る。横須賀停車場を出でて、少し行きたる崖下に、丁度下り列車にて着きたる乗客と、それと五六分を隔てて発すべき上りに志す人々と、最も繁く往来せる折柄、一時に断崖の崩れ来るに会いて、三四百人は埋没せりとの報あり。O家の知合にて、横須賀の女学校へ令嬢を始業式に出しやりたる某夫人、色を失いて心配す。

午後、東京より来れる報道、初めて聞え来る。皆惨害の激しきを説けど、まちまちなり。横浜の全滅は、既に確定的なれど、東京の様子は皆目信ぜられず。東京方面より来りし人と見れば、行人悉くこれをとどめて、震火の模様を訊《たず》ぬ。

三時頃、田中の家に至りたるに、東京より広津和郎帰り来れるに会う。一日の夜、六七時に東京を発したるが、その時九段坂上より望みしに、既に市内は十数ヶ所より火焔立騰り、砲兵工廠、大学も火に包まれたりと聞き、本郷五丁目の吾家も、最早灰燼に帰し居れるものと覚悟を定む。ただし、広津が宿泊し居たる牛込の下宿が、地震の為に墜潰せざる由を聞き、母も、恐らくは梁下の鬼とならずに、火のみは何処へか避け得たるならんと、一縷《いちる》の望を抱きて、さのみ悲観せず。書生と女中と居りて、家中は母の心を残すべき財貨もなければ、身を以て遁れたるならんと自ら慰む。

夕方、材木座の通りを歩き居たりしに、青年団の人々の話を聞くともなく聞けば、、、、、、、、、、、、、行きたるが、伝え聞けば横浜にても、また横須賀にても地震と同時に、、、、、、、、、、、、、、、、、、、、、、その余類には非ずやなどと、鳩首評議せる所なり。その時はいまだ、、、、、、、、さほど悪化せず、予もさほど恐怖を感ぜずに行きしに、大町の四辺にて、青年団員と巡査との話を聞けば、横浜方面の、、、、、、この上は最早警察力に限りある故、青年団初め自衛の外なく、、、、、、、、、、、、、、いい居るを聞き、蒼惶として〇家に取って返す。既に雀色時《すずめいろどき》にて、行人の顔見定め難く、地震よりも海嘯よりも、一種妙なる不安胸中に漲《みなぎ》る。、、、、、、、、、、、鎌倉に拡がり、女ばかりなる〇家へ、知らせ呉るるもの三四名に及びぬ。

注意により、早く蝋燭の火を滅して、ようやく雨戸を連ね立てたる仮小屋の中に寝るともなく蹲《うずくま》るのみ。

横須賀の方の火の手、山を劃《くぎ》りて空を焦す。後に聞けば重油タンクに火入り、火焔天に沖《ちゅう》し、海上に燃えたるまま流出して、附近の艦船をも焼く勢なりしとか。蓄積するに五年の歳月を費し、八々艦隊を三年間とか動かすに足りたる油量も、今は大自然の徹底的軍縮に会いて、一滴も余さざるものか。

深夜、遠く叫声を聞く。いよいよと思いて、得物とてなきまま、留守なる長与善郎君の家の道具とか聞く、一挺の鉈《なた》をたよりに、耳を澄まして人声に聞き入る。されど何事もなし。後に聞けば材木座には、、、、、、、、、、、、、、、、、、、、、、、、、、、、、、、、、、、、もありしとか。

九月三日。

東京の情報、ようやく諸所に至りたるも、みな概念的に山の手の残れるというのみにて、詳しき事は勿論、報道いまだ区々として信ぜられず。但し、本郷はと聞けば、大抵、大学が早く灰を失したる故《ゆえ》或は駄目なりという。心配なれど、途、、、危険と、また、一日以来、屋根を飛び越え、飛び廻りたる結果、膝頭を引違えて疼痛を覚え、十五里の道は覚束なし、母、生きていまさば心配するも甲斐なく、若《も》し死なば今更駆けつくるも甲斐なしと思い、不安ながら落着き居る事に決す。

この日より横須賀の海兵、続々入り来り、諸所を固めて甚だ心強し。

この日野々山君東京へ行くと聞き、母と、時事新報とに宛てたる手紙を依頼す。

夜、仮小屋生活の苦痛を和らげんため、某酒店に至り、恐る恐る日本酒二合入りを二本手に入る。不安なる冷酒、実に腸に滲みて、味永久に忘れ難かるべし。

予が、厨川白村氏の訃を知りたるは、それより一両日後にして、実に偶然の事に属す。或時〇家の女中、材木座の方へ使に行きたる途中、一の葬式に出会いたるが、淋しき棺側に一人の切髪の美しき夫人附添いて、由緒ありげなるその様いたく心を惹きたりしかば、傍人にその名を尋ねたるに、栗谷とか厨川とかいえる有名なる博士にて、内務省とかにて重き御用ありし人なりと聞き来り、まるで予に縁もゆかりもなき人の如く、家人に噂するを聞きぬ。その時予は直覚的に、直ちに白村氏が鎌倉に居住するを思い起し、その未亡人がなお滞在せりという、材木座の程遠からぬ植木屋に、蝶子夫人を訪ねたり。夫人は眼を泣き膨《は》らして、奥より出で来り、予が言葉少《すくな》き弔問に答えたるが、白村氏は三十一日に、子供たちを京都に帰し、己は九月八日とか九日とかに、東京市社会局主催（?）の講演会に臨むため、なお鎌倉に残り居たるが、震災当日は、折悪しく両三日前からの大腸カタルにて、かの口善悪なき京童の所謂《いわゆる》「近代恋愛館」の二階に、臥床し居たるを、地震と知るや直ちに夫人は駆け上りて、扶《たす》け下ろし共に戸外に出でんとしたる際、不自由なる足の運び遅かりしが後ろより倒れ来りたる倒潰家屋に胸部を圧せられて、救出さるるには救出されたるも、医師の手当も行届かず、僅か一塊の氷を手に入れ、僅かずつ口中に噛みて、二日生命を永《なが》えたるのみにて、三日カンフル注射の効もなく逝きたりとか。臥床中、頭脳と言語は明晰にて、夫人にいい残せし事も数々あれど、幾度か書きかけて終らざる原稿の事を、死ぬまで心残りとせしと聞きし時、予は黯然《あんぜん》と涙ぐみぬ。

思えば、かつて女性改造の講演会に、共に壇上に立ちたるもの、先には有島〔武郎〕氏を失い、今また厨川氏を亡《うしな》う。非常の際弔する人もなきに、せめて予がいち早く聞知りて、兎も角も哀悼の意を表し得たるは、因縁というべきか何というべきか。

蝶子夫人は序《ついで》もあらば、呉々《くれぐれ》も改造社の人々に宜しく伝え呉れよといえり。附記して以ての天災記の末尾となす。

白村氏の霊も乞う諒せよ。

大震雑記

芥川龍之介

一

大正十二年八月、僕は一游亭〔小穴隆一〕と鎌倉へ行き、平野屋別荘の客となった。僕等の座敷の軒先はずっと藤棚になっている。そのまた藤棚の葉の間にはちらほら紫の花が見えた。八月の藤の花は年代記ものである。そればかりではない。後架〔便所〕の窓から裏庭を見ると、八重の山吹も花をつけている。

山吹を指すや日向の撞木杖《しゅもくづえ》　一游亭

（註に曰《いわく》、一游亭は撞木杖をついている。）

その上また珍らしいことには小町園の庭の池に菖蒲も蓮と咲き競っている。

葉を枯れて蓮《はちす》と咲ける花あやめ　一游亭

藤、山吹、菖蒲と数えてくると、どうもこれは唯事《ただごと》ではない。「自然」に発狂の気味のあるのは疑い難い事実である。僕は爾来人《じらい》の顔さえ見れば、「天変地異が起りそうだ」といった。しかし誰も真に受けない。久米正雄の如きはにやにやしながら、「菊池寛が弱気になるってね」などと大いに僕を嘲弄したものである。

僕等の東京に帰ったのは八月二十五日である。大地震はそれから八日目に起った。

「あの時は義理にも反対したかったけれど、実際君の予言は中《あた》ったね。」

久米も今は僕の予言に大いに敬意を表している。そういうことならば白状しても好《よ》い。——実は僕も僕の予言を余り信用しなかったのだよ。

二

「浜町河岸の舟の中に居《お》ります。桜川三孝。」

これは吉原の焼け跡にあった無数の貼《は》り紙の一つである。「舟の中に居ります」というのは真面目に書いた文句かも知れない。しかし哀れにも風流である。僕はこの一行の中に秋風《しゅうふう》の舟を家と頼んだ幇間《ほうかん》の姿を髣髴した。江戸作者の写した吉原は永久に還っては来ないであろう。が、兎《と》に角《かく》今日と雖《いえど》も、こういう貼り紙に洒脱《しゃだつ》の気を示した幇間のいたことは確かである。

三

大地震のやっと静まった後、屋外に避難した人々は急に人懐しさを感じ出したらしい。向う三軒両隣を問わず、親しそうに話し合ったり、煙草や梨をすすめ合ったり、互に子供の守りをしたりする景色は、渡辺町、田端、神明町、——殆ど至るところに見受けられたものである。殊に田端のポプラア倶楽部の芝生に難を避けていた人々などは、背景にポプラアの戦《そよ》いでいるせいか、ピクニックに集まったのかと思う位、如何にも楽しそうに打ち解けていた。

これは夙にクライストが「地震」の中に描いた現象である。いや、クライストはその上に地震後の興奮が静まるが早いか、もう一度平生の恩怨が徐《おもむ》ろに目ざめて来る恐しささえ描いた。するとポプラア倶楽部の芝生に難を避けていた人々もいつ何時隣《なんどき》の肺病患者を駆逐しようと試みたり、或《あるい》はまた向うの奥さんの私行を吹聴して歩こうとするかも知れない。それは僕でも心得ている。しかし大勢の人々の中にいつにない親しさの湧いているのは兎に角美しい景色だった。僕は永久にあの記憶だけは大事にして置きたいと思っている。

四

僕も今度は御多分に洩れず、焼死した死骸を沢山見た。その沢山の死骸のうち最も記憶に残っているのは、浅草仲店の収容所にあった病人らしい死骸である。この死骸も炎に焼かれた顔は目鼻もわからぬほどまっ黒だった。が、湯帷子《ゆかた》を着た体や痩《や》せ細った手足などには少しも焼け爛《ただ》れた痕《あと》はなかった。しかし僕の忘れられぬのは何もそういう為ばかりでない。焼死した死骸は誰もいうように大抵手足を縮めている。けれどもこの死骸はどういう訣《わけ》か、焼け残ったメリンスの布団の上にちゃんと足を伸ばしていた。手もまた覚悟を極《き》めたように湯帷子の胸の上に組み合わせてあった。これは苦しみ悶えた死骸ではない。静かに宿命を迎えた死骸である。もし顔さえ焦げずにいたら、きっと蒼ざめた唇には微笑に似たものが浮んでいたであろう。

僕はこの死骸をもの哀れに感じた。しかし妻にその話をしたら、「それはきっと地震の前に死んでいた人の焼けたのでしょう」といった。成程そういわれて見れば、案外そんなものだったかも知れない。唯《ただ》僕は妻の為に小説じみた僕の気もちの破壊されたことを憎むばかりである。

五

僕は善良なる市民である。しかし僕の所見によれば、菊池寛はこの資格に乏しい。

戒厳令の布《し》かれた後、僕は巻煙草を啣《くわ》えたまま、菊池と雑談を交換していた。尤《もっと》も雑談とはいうものの、地震以外の話の出た訣ではない。その内に僕は大火の原因は○○○○○○○○そうだといった。すると菊池は眉を挙げながら、「譃《うそ》だよ、君」と一喝した。僕は勿論そういわれて見れば、「じゃ譃だろう」という外《ほか》はなかった。しかし次手《ついで》にもう一度、何でも○○○○はボルシェヴィツキの手先だそうだといった。菊池は今度も眉を挙げると、「譃さ、君、そんなことは」と叱りつけた。僕はまた「へええ、それも譃か」と忽《たちま》ち自説（?）を撤回した。

再び僕の所見によれば、善良なる市民というものはボルシェヴィツキと○○○○との陰謀の存在を信ずるものである。もし万一信じられぬ場合は、少くとも信じているらしい顔つきを装わねばならぬものである。けれども野蛮なる菊池寛は信じもしなければ信じる真似もしない。これは完全に善良なる市民の資格を放棄したと見るべきである。善良なる市民たると同時に勇敢なる自警団の一員たる僕は菊池の為に惜《おし》まざるを得ない。

尤も善良なる市民になることは、——兎に角苦心を要するものである。

六

僕は丸の内の焼け跡を通った。ここを通るのは二度目である。この前来た時には馬場先の濠に何人も泳いでいる人があった。きょうは——僕は見覚えのある濠の向うを眺めた。濠の向うには薬研《やげん》なりに石垣の崩れたところがある。崩れた土は丹《に》のやうに赤い。崩れぬ土手は青芝の上に不相変《あいかわらず》松をうねらせている。そこにきょうも三四人、裸の人々が動いていた。何もそういう人々は酔興に泳いでいる訣ではあるまい。しかし行人たる僕の目にはこの前も丁度西洋人の描いた水浴の油画か何かのように見えた、今日もそれは同じである。いや、この前はこちらの岸に小便をしている土工があった。きょうはそんなものを見かけぬだけ、一層平和に見えた位である。

僕はこういう景色を見ながら、やはり歩みをつづけていた。すると突然濠の上から、思いもよらぬ歌の声が起った。歌は「懐しのケンタッキイ」である。歌っているのは水の上に頭ばかり出した少年である。僕は妙な興奮を感じた。僕の中にもその少年に声を合せたい心もちを感じた。少年は無心に歌っているのであろう。けれども歌は一瞬の間にいつか僕を捉えていた否定の精神を打ち破ったのである。

芸術は生活の過剰だそうである。成程そうも思われぬことはない。しかし人間を人間たらしめるものは常に生活の過剰である。僕等は人間たる尊厳の為に生活の過剰を作らなければならぬ。更にまた巧みにその過剰を大いなる花束に仕上げねばならぬ。生活に過剰をあらしめるとは生活を豊富にすることである。

僕は丸の内の焼け跡を通った。けれども僕の目に触れたのは猛火もまた焼き難い何ものかだった。

災後雑感

菊池　寛

自然の大きい壊滅の力を見た。自然が人間に少しでも、好意を持っているというような考え方が、ウソだということを、つくづく知った。宇宙に人間以上の存在物があり、それが人間を保護しているとか、叱責するとかいう信仰もみんな出鱈目であることを知った。もし、地震が渋沢栄一氏のいう如く天譴《てんけん》だというのなら、やられてもいい人間が、いくらも生き延びているではないか。渋沢さんなども、自分で反省したら、自分の生き残っていることを考えて、天譴だなどとは思えないだろう。自然の前には、悪人も善人もない、ただ滅茶苦茶だ。今更人間の無力《オーンマハト》を感じて茫然たる外《ほか》はない。いろいろ口実を付けて、自然の暴力を認めまいとするのは、人間の負け惜しみに過ぎない。

牢獄の半日

葉山嘉樹

一

――一九二三年、九月一日、私は名古屋刑務所に入っていた。

監獄の昼飯は早い。十一時には、もう舌なめずりをして、きまり切って監獄の飯の少ないことを、心の底で沁み沁み情けなく感じている時分だ。

私はその日の日記にこう書いている。

――昨夜、かなり時化《しけ》た。夜中に蚊帳戸から、雨が吹き込んだので硝子戸を閉めた。朝になると、畑で秋の虫が――しめたしめたと鳴いていた。全く秋々して来た。夏中一つも実らなかった南瓜が、その発育不十分な、他の十分の一もないような小さな葉を、青々と茂らせて、それにふさわしい朝顔位の花を沢山つけて、せい一杯の努力をしている。もう九月だのに。種の保存本能！――

私は高い窓の鉄棒に掴まりながら、何ともいえない気持で南瓜畑を眺めていた。

小さな、駄目に決まり切っているあの南瓜でも私達に較べると実に羨しい。

マルクスに依ると、風力が誰に属すべきであるか、という問題が、昔どこかの国で、学者たちに依って真面目に論議されたそうだ。私は、光線は誰に属すべきものかという問題の方が、監獄にあっては、現在でも適切な命題と考える。

小さな葉、可愛らしい花、それは朝日を一面に受けて輝きわたっているではないか。

総《す》べてのものは、よりよく生きようとする。ブルヂョア、プロレタリア——

私はプロレタリアとして、よりよく生きるために、乃至《ないし》はプロレタリアを失くするための運動のために、牢獄にある。

風と、光とは私から奪われている。

いつも空腹である。

顔は監獄色と称する土色である。

心は真紅の焔《ほむら》を吐く。

昼過——監獄の飯は早いのだ——強震あり。全被告、声を合せ、涙を垂れて、開扉を頼んだが、看守はいつも頻繁に巡るのに、今は更に姿を見せない。私は扉に打《ぶ》つかった。私はまた体を一つのハンマーの如くにして、私は隣房との境の板壁に打つかった。私は死にたくなかったのだ。死ぬのなら、重たい屋根に押しつぶされる前に、扉と討死しようと考えた。

私は怒号した。ハンマーの如く打つかった。私は両足を揃えて、板壁を蹴った。私の体は投げ倒された。板壁は断末魔の胸のように震え戦《おのの》いた。その間にも私は、寸刻も早く看守が来て、――何故乱暴するか――と咎めるのを待った。が、誰も来なかった。

私はヘトヘトになって板壁を蹴っている時に、房と房との天井際の板壁の間に、嵌め込まれてある電球を遮るための板硝子が落ちて来た。私は左の足でそれを蹴上げた。足の甲からはさッと鮮血が迸《ほとばし》った。

――占めた！――

私は鮮血の滴る足を、食事窓から報知木の代りに突き出した。そしてそれを振った。これも効力がなかった。血は冷たい叩きの上へ振り落された。

私は誰も来ないのに、そういつまでも、血の出る足を振り廻している訳にも行かなかった。止むなく足を引っ込めた。そして傷口を水で洗った。溝の中にいる虫のような、白い神経が見えた。骨も見えた。何しろ硝子板を粉々に蹴飛ばしたんだから、砕屑でも入ってたら大変だ。そこで私は叮嚀《ていねい》に傷口を拡げて、水で奇麗に洗った。手拭で力委《まか》せに縛った。

応急手当が終ると、――私は船乗りだったから、負傷に対する応急手当は馴れていた――今度は、鉄窓から、小さな南瓜畑を越して、も一つ煉瓦塀を越して、監獄の事務所に向って弾劾演説を始めた。

――俺たちは、被告だが死刑囚じゃない。俺たちの刑の最大限度は二ケ年だ。それも未だ決定されているんじゃない。よしんば死刑になるかも分らない犯罪にしても、判決の下るまでは、天災を口実として死刑にすることは、甚だ以て怪しからん。――

と言う風なことを怒鳴っていると、塀の向うから、そうだ、そうだ、と怒鳴りかえすものがあった。

――占めた――と私は再び考えた。

あらゆる監房からは、元気のいい声や、既に嗄れた声や、中には全く泣声でもって、常人が監獄以外では聞くことの出来ない感じを、声の爆弾として打ち放った。

これ等の声の雑踏の中に、赤煉瓦を越えて向うの側から、一つの演説が始められた。

――諸君、善良なる諸君！ われわれは今、刑務所当局に対して交渉中である！ 同志諸君の貴重なる生命が、腐敗した罐詰の内部に、死を待つために故意に幽閉されてあるという事実に対して、山田常夫君と、波田きし子女史とは所長に只今父渉中である。また一方吾人は、社会的にも輿論を喚起する積りである。同志諸君、諸君も内部に於て、屈するところなく、××することを希望する！――

演説が終ると、獄舎内と外から一斉に、どっと歓声が上った。

私は何だか涙ぐましい気持になった。数ケ月の間、私の声帯は殆ど運動する機会がなかった。また同様に鼓膜も、極めて微細な震動しかしなかった。空気――風――と光線とは誰の所有に属するかは、多分、典獄か検事局かに属するんだろう――知らなかったが、私達の所有は断乎《だんこ》として禁じられていた。

それが今、声帯は躍動し、鼓膜は裂ける許《ばか》りに、同志の言葉に震え騒いでいる。

――この上に、無限に高い空と、突っかかって来そうな壁の代りに、屋根や木々や、野原やの――遙なる視野――があればなあ、と私は淋しい気持になった。

陰鬱の直線の生活！ 監獄には曲線がない。煉瓦！ 獄舎！ 監守の顔！ 塀！ 窓！ 窓によって限られたる四角な空！

夜になると浅い眠りに、捕縛される時の夢を見る。眠りが覚めると、監獄の中に寝てるくせに、――まあよかった――と思う。引っ張られる時より引っ張られてからは、どんなに楽なものか。

私は窓から、外を眺めて絶えず声帯の運動をやっていた。それは震動が止んでから三時間も経った午後の三時頃であった。

――オイ――と、扉の方から呼ぶ。

――何だ！　私は答える。

――暴れちゃいかんじゃないか。

――馬鹿野郎！　暴れて悪けりゃ何故外へ出さないんだ！

――出す必要がないから出さないんだ。

――何故必要がないんだ。

――この通り何でもないってことが分ってるから出さないんだ。

――手前は何だ？　鯰か、それとも大森〔房吉〕博士か、一体手前は何だ。

――俺は看守長だ。

――面白い。

私はそこで窓から扉の方へ行って、赤く染った手拭で巻いた足を、食事窓から突き出した。

――手前は看守長だというんなら、手前は言った言葉に対して責任を持つだろうな。

――勿論だ。

――手前は地震が何のことなく無事に終るということが、予《あらかじ》め分ってたと言ったな。

――言ったよ。

——手前は地震学を誰から教わった。鯰からか！　それとも発明したのか。

——そんなことは言う必要はないじゃないか。ただ事実が証明してるじゃないか。

——よろしい。予め無事に収まる地震の分ってる奴等が、慌てて逃げ出す必要があって、生命が危険だと案じる俺達が、密閉されてる必要の、その必要のわけを聞こうじゃないか。

——誰が遁《に》げ出したんだ。

——手前等、皆だ。

——誰がそれを見た？

——ハハハハ。私は笑い出した。涙は雨洩のように私の頬を伝い始めた。私は頸から上が火の塊になったように感じた。憤怒！

私は傷いた足で、看守長の睾丸を全身の力を罩《こ》めて蹴上げた。が、食事窓がそれを妨げた。足は膝から先が飛び上っただけで、看守のズボンに微に触れた丈けだった。

——何をする。

——扉を開けろ！

——必要がない。

——必要を知らせてやろう。

——覚えてろ！

——忘れろったって忘られるかい。鯰野郎！　出直せ！

——……

——……私は顔中を眼にして、彼奴を睨んだ。

看守長は慌てて出て行った。

私は足を出したまま、上体を仰向けに投げ出した。右の足は覗き窓のところに宛《あ》てて。

涙は一度堰を切ると、とても止るものじゃない。私は見っともないほど顔中が涙で濡れてしまった。

私が仰向けになるとすぐ、四五人の看守が来た。今度の看守長は、いつも典獄代理をする男だ。

——波田君、どうだね君、困るじゃないか。

——困るかい。君の方じゃ僕を殺してしまったって、何のこともないじゃないか。面倒くさかったらやっちまうんだね。

——そんなに君興奮しちゃ困るよ。

——俺は物を言うのがもううるさくなった。その足を怪我してるんだから、医者を連れて来て、治療さしてくれよ。それもいやなら、それでもいいがね。

——どうしたんです。足は。

——御覧の通りです。血です。

——オイ、医務室へ行って医師に直ぐ来て貰え！　そして薬箱をもってついて来い。

看守長は、お伴の看守に命令した。

——ああ、それから、面会の人が来てますからね。治療が済んだら出て下さい。

僕が黙ったので彼等は去った。

——今日は土曜じゃないか、それにどうして午後面会を許すんだろう。誰が来てるんだろう。二人だけは分ったが、演説をやったのは誰だったろう。それにしても、もう夕食になろうとするのに、何だって今日は面会を許すんだろう。

私は堪らなく待ち遠しくなった。

足は痛みを覚えた。

一舎の方でも盛んに騒いでいる。監獄も始末がつかなくなったんだ。たしかに出さなかったことは監獄の失敗だった。そのために、あんなに騒がれても、どうもよくしないんだ。

やがて医者が来た。

監房の扉を開けた。私は飛び出してやろうかと考えたが止めた。足が工合が悪いんだ。

医者は、私の監房に腰を下した。縛《ゆわ》えてある手拭を除りながら、

——どうしたんだ。

——傷をしたんだよ。

——そりゃ分ってるさ。だがどうしてやったかと訊いてるんだ。

——君たちが逃げてる間の出来事なんだ。

——逃げた間とは。

——避難したことさ。

——その間にどうしてさ。

——監房が、硝子を俺の足に打《ぶ》っ衝《つ》けたんだよ。

——硝子なんかどうして入れといたんだ。

――そりゃお前の方の勝手で入れたんじゃないか。

――……

医者は傷口に、過酸化水素を落した。白い泡が立った。

――ああ、電灯の。――漸く奴には分ったんだ。

――あれが落ちる程揺《ゆす》ったかなあ。

医者は感に堪えた風にいって、足の手当をした。

医者が足の手当をし始めると、私は何だか大変淋しくなった。心細くなった。

朝は起床（チキショウ）といって起される。

（土瓶出せ）と怒鳴る。

（差入れのある者は報知木を出せ）

――ないものは涎を出せ――と、私は怒鳴りかえす。

糞、小便は、長さ五寸、幅二寸五分位の穴から、巌丈《ママ》な花崗岩を透して、おかわに垂れる。

監獄で私達を保護するものは、私達を放り込んだ人間以外にはないんだ。そこの様子はトルコの宮廷以上だ。

私の入ってる間に、一人首を吊って死んだ。

監獄に放り込まれるような、社会運動をしてるのは、陽気なことじゃないんです。

へイ。

私は、どちらかといえば、元気な方ですがね。いつも景気のいい気持許りでもないんです。へイ。

監獄がどの位、いけすかねえ処か。丁度《ちょうど》私と同志十一人と放り込んだ、その密告をやった奴を、公判廷で私が蹴飛ばした時のこった。検事が保釈をとり消す、といってると、弁護士から聞かされた時だ。

——俺はとんでもねえことをやったわい。と私は後悔したもんだ。私にとっては、スパイを蹴飛ばしたのは悪くはないんだが、監獄に又候《またぞろ》一月を経たぬ中、放り込まれることが善くないんだ。

読者諸君いいと思うことでも、余り生一本にやるのは考えものですぜ。損得を考えられなくなるまで追いつめられた奴の中で、性分を持った奴がやる丈《だ》けのもんですって。

監獄に放り込まれる。この事自体からして、余り褒めた気持のいい話じゃない。そこへ持って来て、子供二人と老母と嬶《かかあ》と、これ丈けの人間が、私を、この私を一本の杖にして縋《すが》ってるんです。

手負い猪です。

医者が手当をしてくれると、私は面接所に行った。わざと、下駄を叩きへ打っつけるんだ。共犯は喜ぶ。私も嬉しい。

——しっかりやろうぜ。

——痛快だね。

なんていって眼と顔を見合せます。相手は眼より外のところは見えません。眼も一つ丈けです。命がけの時に、痛快だなんてのは、全く沙汰の限りです。常識を外れちゃいけない。ところが、

——理屈はそれでもいいか知れないが、監獄じゃ理屈は通らないぜ。オイ、——なんです。

監獄で考える程、勿論、世の中は、いいものでもないし、また娑婆へ出て考える程、勿論、監獄は「楽に食えていいところ」でもない。一口にいえば、社会という監獄の中の、刑務所という小さい監獄です。

二

私は面接室へ行った。

ブリキ屋の山田君と、嬶と、子供とが来ていた。

――地震の時、事務所の看守長は、皆庭へ飛び出して避難したよ。

ブリキ屋君が報告した。

――果して。と私はいった。

つまり、私たちが、いくら暴れても怒鳴っても、文句を言いに来なかった筈だ。誰も獄舎にはいなかったんだ。

あれで獄舎が壊れる。何百人かの被告は、ペシャンコになる。食糧がそれだけ助かる。警察の手がいらなくなる。それで世の中が平和になる。安穏になる。うまいもんだ。

チベットには、月を追っかけて、断崖から落っこって死んだ人間がある。ということを聞いた。

日本では、囚人や社会主義者、無政府主義者を、地震に委《まか》せるんだね。地震で時の流れを押し止めるんだ。

ジャッガーノート!

赤ん坊の手を捻るのは、造作もねえこった。お前は一人前の大人だ。な、おまけに高利で貸した血の出るような金で、食い肥った立派な人だ。こんな赤ん坊を引裂こうが、ひねりつぶそうが、叩き殺そうが、そんなこたあ、お前には造作なくできるこった。お前には権力ってものがあるんだ。搾取機関と、補助機関があるんだ。お前たちは、ありとあらゆるものを、自分の手先に使い、それを利用することが出来る。

たとえばだ、ほんとうは俺たちと兄弟なんだが、それに、ほんの「ポッチリ」目腐金《めぐされきん》をくれてやって、お前の方の「目明し」に使うことが出来る。捕吏にもな、スパイにもな。

お前は、俺達の仲間の間へ、そいつ等を条虫《さなだむし》が腹ん中へ這入るようにして棲《す》ませて置くんだ。俺達の仲間はひどい貧乏なんだ。だから、目腐金へでも飛びつく者が出来るんだ。不所存者がな。

お前は、俺達を、一様に搾取する丈けで倦《あ》き足りないで、そういう風にして、個々の俺達の仲間までも堕落させるんだ。

フン！　捩れ。押しひしゃげ。やるがいいや。捩れるときは捩るもんだ。そうそういつまでも、機会と言うものがお前を待ってはいないだろうぜ。お前が、この地上のあらゆる赤ん坊を、悉《ことごと》く吸い尽して終《しま》おうという決心は、全く見事なもんだ。

だが、お前はその赤ん坊を殺し尽さない前に、いいかい。誰がどうしないでも、独りでにお前の頭には白髪が殖えて来るんだ。腰が曲って来るんだ。眼が霞み初めるんだ。皺だらけの、血にまみれた手で、そこで八釜《やかま》しく、泣き立てている赤ん坊の首筋を掴もうとしても、その手さえ動かなくなるんだ。お前が殺し切れなかった赤ん坊は、益々お前の廻りで殖えて行くだろう。益々騒がしく泣き立てるだろう。ハッハッハッハハ。

赤ん坊が全《まる》っ切り大きくならないとしても、お前は年をとるんだよ。ヘッヘッ。

お前は背中に止った虱が取りたいだろう。そいつを、赤ん坊を引き裂いたように、最後の思い出として捻りつぶしたいだろう。そいつも六ケ敷《むつかし》くなるんだ。悶え初めるだろう。

お前は、肥っていて、元気で、兇暴で、断乎として殺戮を恣《ほしいまま》にしていた時の快さを思い出すだろう。それに今はどうだ。

虱はおろかお前の大小便さえも自由にならないんだ。血を飲みすぎたんで中風になったんだ。お前が踏みつけてるものは、無数の赤ん坊の代りとお前自身の汚物だ。そこは無数の赤ん坊の放り込まれた、お前の今まで楽しんでいた墓場の、腐屍の臭よりも、もっと臭く、もっと湿っぽく、もっと陰気だろうよ。だが、未だお前は若い。未だお前は六十までには十年ある。いいかい。未だお前は生れてから五十にしかならないんだ。ただ、お前のその骨に内攻した梅毒がそれ以上進行しないってことになれば、未だ未だ大丈夫だ。

お前の手、腕、は益々鍛われて来た。お前の足は素晴らしいもんだ。お前の逞しい胸、牛でさえ引き裂く、その広い肩、その外観によって、内部にあるお前自身の病毒は完全に蔽《おお》いかくされている。

お前が夜更けて、独りその内身の病毒、骨がらみの梅毒について、治療法を考え、膏薬を張り、神々を祈願し、嘆いていることは、未だ極めて少数の赤ん坊より外知らないんだ。

だから、今、お前はその実際の力も、虚勢も、傭兵をも動員して、殺戮本能を満足さすんだ。それはお前にとってはいいことなんだ。お前にとって、それはこの上もなく美しいことなんだ。お前の道徳だ。だからお前にとってはそうであるより外に仕方のない運命なんだ。

犬は犬の道徳を守る。気に入ったようにやって行く。お前もやってのけろ！

お前はその立派な、見かけの体躯をもって、その大きな轢殺車を曳いて行く！

未成年者や児童は安価な搾取材料だ！

お前の轢殺車の道に横《よこた》わるもの一切、農村は蹂《ふみにじ》られ、都市は破壊され、山野は裸にむしられ、あらゆる赤ん坊はその下敷きとなって、血を噴き出す。肉は飛び散る。お前はそれ等の血と肉とを、バケット、コンベーヤーで、運び上げ、啜り啖い、轢殺車は地響き立てながら地上を席捲する。

かくて、地上には無限に肥った一人の成人と、蒼空まで聳える轢殺車一台とが残るのか。

そうだろうか！

そうだとするとお前は困る。もう啖うべき赤ん坊が無くなったじゃないか。

だが、その前に、お前は年をとる。太り過ぎた轢殺車がお前の手に合わなくなる。お前が作った車、お前に奉仕した車が、終に、車までがおまえの意のままにはならなくなってしまうんだ。

だが、今は一切がお前のものだ。お前は未だ若い。英国を歩いていた時、ロシアを歩いていた時分は大分疲れていたように見えたが、海を渡って来てからは見違えたようだ。「ここ」には赤ん坊が無数にいる。安価な搾取材料は群れている。

サア！　巨人よ！

轢殺車を曳いて通れ！　ここでは一切がお前を歓迎しているんだ。喜べこの上もない音楽の諧調――飢に泣く赤ん坊の声、砕ける肉の響、流れる血潮のどよめき。

この上もない絵画の色――山の屍、川の血、砕けたる骨の浜辺。

彫塑の妙――生への執着の数万の、デッド、マスク！

宏壮なビルディングは空に向って声高らかに勝利を唄う。地下室の赤ん坊の墳墓は、窓から青白い呪を吐く。

サア！　行け！　一切を蹂躙して！

ブルジョアジーの巨人！

私は、面会の帰りに、叩き《ママ》の廊下に坐り込んだ。

——典獄に会わせろ。

誰が何といっても私は動かなかった。

——宇都の宮《ママ》じゃないが、吊天井の下に誰か潜り込む奴があるかい。お前たちは逃げたんじゃないか。

死刑の宣告受けてない以上、どうしても俺は入らない。

私は頑張った。

その夜の刑務所訪問──蝗のように飛付いて来た被告達

布施辰治

全世界の人類に歴史というものの存する限り、断じて忘れられないであろう、大正十二年九月一日午前十一時五十八分、関東大震災の一撃に、阿鼻叫喚の焦熱……修羅……地獄そのままの、罹災救助に飛び廻ること約三時間、三時間毎の情報綜合と方針整理に、私が三度四谷の事務所へ立ち帰ったのは、その夜十一時一寸《ちょっと》過ぎだったと思います。

その時、表のざわめきの中に、第一次日本共産党事件（六月五日払暁）の大検挙に拘留せられていた、堺氏等二十余名と高尾平兵衛一派の残党被告達が、刑務所内で暴動を起したという第一の流言を耳にしました。次いで、暴動を起して突き殺されたという第二の蜚語に胸を轟かせられました。更に刑務所では全部の収容者を釈放したそうだ、という第三の噂を聴きました。

果してそうだったら？

（一）真に共産党の被告達が、暴動を起そうとして突殺《つきころ》されたとすれば、勿論それを見届けてやらなければならない。
（二）暴動を起して闘っているとすれば、それを広く一般大衆に報道しなければならない。
（三）刑務所当局が全部の収容者を釈放したとすれば、私が収容者のために逸早く釈放を要求せざりし不行届《ふゆきとどき》を詫びて、これを迎えに行かなければならない。

で、私は、どうしても刑務所へ行って見なければならない責任感を以て、四度《た》び事務所を飛び出し、一切の照明を奪われた、暗《やみ》の津の守坂《かみざか》を疾駆して来た自動車のヘッドライトに射すくめられるように立ち止った私は、震災当時の交通状態を知っている人達の誰でもが、思い出すであろうように、殆ど反射的に手を挙げて、その自動車を呼び止めたのでした。

かくして、私の市ヶ谷刑務所へ馳せ付けたのは、もう十二時過ぎでしたが、魔物のように飛び交う提灯の光に描き出された刑務所は、かの厳めしくも聳え立っていた赤煉瓦塀が、自然の一撃に一《ひ》と溜《たま》りもなく打倒れて、そこここに決潰した破れ目は、恰《あたか》も滝水の流れる沢の如くになっていました。その赤煉瓦塀をそそり立たしていた堤《どて》の上には、暗にも光る抜剣兵士が、三尺《しゃく》置きか、一間《けん》置きかに林立している情景の凄惨……。それこそは本統《ほんとう》に、何とも形容し得ない物凄さでした。

私は、その情景を見上げながら、大声に叫んだのです。

「私は布施辰治ですが、御見舞に来ました。所長さんはどこにおりますか……」と。

◇

場所は戒護の厳重な刑務所です。時は真夜中の十二時過ぎです、しかも軍隊の警備に固められている大

震大火の変災時です。にも拘らず
「私は布施辰治です」
と呼んだ私の一声に谺《こだま》するが如く、抜剣兵士の中に混っていた看守君が
「ああ布施さんですか」
と言いながらすぐ飛び下りて来て、私の姿を見定めるなり、感激の手を差し延べて打倒れた煉瓦の破れ目から、引き上げてくれた時の親しさに、刑務所平常の戒護と変災時の警備に固い規則を蹴飛ばした私の体験こそは、あの関東大震災に賜物《たまもの》せられた、尊い教訓だと思います。

◇

倒れた煉瓦塀を攀《よ》じ上って見た、刑務所内部の被害状況は、今ハッキリ思い出せませんが、そうした被害状況よりも、私の先を焦っていたものは、被告達の身の上だったからなのでしょう。

◇

私は、別な看守君の案内を受けて、打ち倒れた箱や、跳ね飛ばされた卓子《テーブル》やに躓《つまず》きながら、病室前中央廊下、テント張りの仮事務所へ行くと、そこに所長と、顔知り合いの所員看守達が大勢いたので、私は見舞の言葉も手短かに
「被告達はどうしました……酷い目に遭った人はありませんか?」
と言って尋ねたら

「イヤ皆《みん》な無事です。安心して下さい！」

「そんならどこにいます、監房から開放したんですか！」

「そうです、開放しました」

「家《うち》へ帰してくれたのですか！」

「イヤ、そうはゆきません、裏の広場にです」

「広場は安全なところですか、縛って置くのではありませんか！」

「イヤ、そんなことはありません」

「被告達にも見舞を言いたいのですが、会わしてくれられませんか！」

「どうして、どうして、それは！　それは！」

という事だったので、私はやさしい前の見舞の言葉とは全然打って変って、震災時の被告釈放要求を抗議したら、いずれ本省と打ち合せてという答えでした。

そこへちょうど、平素私を信任している戒護主任のK氏が、巡視から帰って来たので、私もまた本省への出頭を約して、十二、三歩ばかり帰りかけますと、後から送って来た戒護主任のK氏が、私に強いての頼みがあるというのです。振り返って何の頼みですかと聞くと、「裏の広場に解放した、千余人の被告達の中に混っている四、五十人の主義者が、どうも暴動を煽動しそうなので、当惑しています」というて、「主義者のみを別にする訳にもゆかず、暴動を煽動されれば、気の毒でもこの際の事だから、抜剣して制裁するより外に方法がありません。それは実に刑務当局としても忍びないことだし、主義者達にとってもこの上もない不幸です。また、この際暴動を起して見た所で、まだその時機でもありますまいから、是非共産党の被告達が暴動を起さないように、お互に血を見ないように、警告して貰いたいのです。自分等からでは何を言うても到底肯《き》いてくれそうもありません、ちょうど好い具合に貴方の見舞に来られたのを幸い、是非貴方に頼みたい」ということでした。

そうした、戒護主任K氏の頼みを聞いた私の直感は、「警告」する、しないということよりも、被告達に会えるな、という嬉しさで言下にこれを引受けた。私は

「じゃ、会わせますね！」

「内密ですよ！」

「それでもいいんです、どの辺にいるのですか」

と聞いたら、裏の広場の「九」と「十」の溜りにいるとの答えだったと記憶します。それではというので、戒護主任に案内せられて、被告達のいる所まで行く途中、時ならぬ異様な訪問者の私に、不審の眼をみはるものもありましたが、案内者が案内者なので、気味悪くも押し黙っている。凄くも、また、身構えた猫のように——。幾つかの溜りと看守の関所を無事に通って、共産党被告達の前に立った私は、イキナリ

「諸君、見舞に来ました！」

と、呼びかけたものです。すると二つの溜りに並んでいた被告達が、私の声を聞くなり直ぐ

「布施さんですか」

といって、毬《まり》の如くに飛び付いて来たのが吉田一氏だったと思います。言葉にも文字にも、飛び立つ思いということは聞きもし、見もしておりますが、本当に飛び立つ思い、そのままに飛び立って来て抱きつかれた時の実感こそは、忘れがたい関東大震災遭難中の最も清い、そして、最も強い感激の体験です。続

いて私を取巻いた徳田球一氏等十二三人の人達が、替り代りに手を握る、肩に掴まる、頬擦りをする、抱きしめる、筆にも口にも現わしようのない喜び方でした。

その情景に捲き起された周囲のざわめきの中から、当時私が弁護を担任していた被告達が呼びかけるやら、浅草の親分で通る某が、遠い溜りから飛び出して来て、看守に引立てられようという騒ぎでした。それに例の島倉儀平が、遠くの方で大きな声で

「流石《さすが》に布施さんだ」

と叫ばれたのも、一種異様の情景でした。

◇

元老株の堺〔利彦〕氏が

「そんなに布施氏を独り占めしてはいけない、皆んなで落付いて外部の報告を聞こうじゃないか！」

と発言されたので、やっと落付いた皆んなの前に、彼方の空を焦がす下町一帯の猛火を指しながら、当日私の巡回見聞した大震火災の被害状況――を報告することが出来たのでした。と同時に、諸君がここにいても無事だったのを喜ぶ意味を含めて、将来の自重を祈る中に、折角頼まれた戒護主任のためにも話したものです。

◇

時も時、場所も場所の関東大震災当夜に於ける、思いもかけない私の刑務所訪問。そして、また外部の

報告、それは看守達に取っても新らしい特種ニュースだったので、コッソリのつもりで私を連れて行った戒護主任も、私の訪問を喝采する皆んなの歓呼をどうすることも出来ず、私が別れの言葉を述べて帰ろうとすると、図らずも湧き起った「布施さん万歳」の声に、感激させられた私の体験こそは、終生忘れることの出来ない純情の溢れだったと思います。

◇

翌日、私は司法省の刑務課と裁判所長に対して、変災時に於ける被告達全部の拘束に対して抗議し、即時釈放の要求に及んだのでありますが、当時、新潟鉄工場争議犠牲者の騒擾被告五十余名全部を初め、一挙三百七十名が直ぐ釈放せられたことは、勿論──私の要求の為めのみではない──責任感の誠意を滲透した、関東大震災当夜刑務所訪問の体験として、私の終生忘るる事の出来ない実話です。

平沢君の靴

一

九月三日の夜。

平沢君が夜警から帰って来たのは十時近い刻限であった。そして暫《しば》らく休んで話しているところへ正服《せいふく》巡査が五六人来た。

「済まんが一寸《ちょっと》警察まで来て下さい。」

「はい。」

と、彼は静かに答えて立ち上《あが》ると、おとなしくついて行った。

二

四日の朝。

自分は三四人の巡査が荷車に石油と薪を積んでひいて行くのと出遭った。その内《うち》友人の丸山君を通じて顔馴染《なじみ》の清一巡査がいたので二人は言葉を交わした。

「石油と薪を積んで何処《どこ》へ行くのです。」

「殺した人間を焼くに行くのだよ。」

「殺した人間……。」

「昨夜《ゆうべ》は人殺しで徹夜までさせられちゃった。三百二十人も殺した。外国人が亀戸管内に視察に来るので、今日急いで焼いてしまうのだよ。」

「皆鮮人ですか。」

「いや、中には七八人社会主義者もはいっているよ。」

「主義者も……。」

「つくづく巡査の商売が厭になった。」

「そんなに大勢の人間を何処で殺したんです。」

「小松川へ行く方だ。」

自分の胸の内は前夜拘引された平沢君のことで一《い》っぱいだった。主義者が七八人も殺されているなら平沢君もその内にはいっているような気がした。

自分は清一巡査からきいた場所に足を運びながら、また考えなおした。

平沢君は平素から警察から睨まれている。しかし震災後平沢君は懸命に友人のつぶれた家の片付に手伝ったり、浅草の煙草専売局で不明となった友人の義妹を探しまわったり、町内の夜警に出たりしている。それに巡査と一緒に出て行った時も、おとなしくついて行ったし、万事要領のいい男だから、めったなことはあるまい。殺された七八人の主義者の中には平沢君ははいっていまい――そうであってくれればいいな、と自分は考えたりした。

清一巡査に教えられた場所に行った時、自分は大勢の町内の人々が、とりどりの顔をして立っているのを見た。そこは大島町八丁目の大島鋳物工場横の蓮田を埋立てた場所であった。そこに二三百人の鮮人、支那人らしい死骸が投げ出されていた。

自分は一眼見てその凄惨な有様に度胆をぬかれてしまった。自分の眼はどす黒い血の色や、灰色の死人の顔を見て、一時にくらむような気がした。涙が出て仕方がなかった。

自分は平沢君は殺されてしまった、と考えた。自分はその悲惨な場面をながく見つめていることが出来なかった。

その時私はいつも平沢君のはいていた一足の靴が寂しそうに地上にころげているのを見た。

「平沢君は殺された。」

自分はこう信じてしまった。

三

その日のことを自分は平沢君の細君に話さなかった。

翌日の正午頃。自分は細君と相談して、手拭、紙など持って警察署に出掛けて行った。

自分は亀戸署の高木高等係と会った。が高木氏の言うことは意外であった。

「平沢君は三日の晩に帰えしたよ。」

自分はその答えに対して何事も返えす言葉がなかった。今は一点疑いを入れる余地がなかった。自分は

無言で呪わしい警察の門を出た。（主として八島京一氏の供述によってしるす）

三日間の平沢君の行動

九月一日一時半頃。平沢君は倒壊した自分の〔家の〕前を声をかけて通った。それからすぐ引返して来て三時頃まで金品取《とり》出しに手伝ってくれました。

二日午前八時頃自分は平沢君の宅を訪ね、同道で夕方まで妹をたずねまわりました。上野の西郷銅像前で斎藤敏雄君に会いました。

その夜、平沢君宅前の城東電車道に蒲団など持ち出して夜宿しました。隣家の浅野氏その他近所の人々も一緒であったのです。

三日は朝から夕方まで潰れた自分の家の荷物引出しに手伝ってくれました。夕食後夜警に出て九時半頃帰宅してそのまま正服巡査達に連れて行かれたのです。その時は警官も平沢も至極温順でした。

そんなわけで平沢君が不穏な演説をしたという言い分は全く出鱈目《でたらめ》です。自分と一緒でない時間は、妻君や隣家の浅野氏などよく知っている筈です。（正岡高一氏の供述から。聴取人、弁護士、松谷与二郎、山崎今朝弥）

震災画報

宮武外骨

精神的物質的の革命期　要は恐慌の結果

近刊の新聞紙上に「震災が齎《もた》らした生糸取引の革命」という標題があった、その事実は輸出業者が旧慣を打破されたというのである、かく「革命」の語を政治的でなく、比喩的に使ってもよいとすれば、尚雑多の方面にも使い得られる。

震災以後、現実に認めたのは生活上の革命である、恐慌当時の貧富不差別貴賤平等の状態は永く連続しないが、衣食住の三者は従来の如き華美を避けて堅実に傾く事は確実である。また思想上に於ても革命が行われる、大自然の大威力に驚愕した結果、民族的精神の固定性が萎縮して、人類的精神の可鍛性が発達するに違いないと思う。

就中《なかんずく》最も大なる革命期というべきは、建築上の改良であろう、舶来の新建築学に拠った物でも、大震大火に際しては殆ど何等の価値無きものと成った、次に水道、運河、橋梁、公園等の改良で、土木工学に及ぼす革命もまた大であろう。

　この外《ほか》、貯金、保険、商取引などの旧態には打破さるべき事が多くて、経済界に起る革命は少くあるまい、随《したが》って法規上は勿論、社会道徳の観念にもまた一大革命が生ずるであろう、否、既にその現実を展開しつつあるではないか。

〔第二冊、一九二三年十月〕

「この際」という語

今回の震災後、バラック町、天幕村《テント》、自警団などいう新語も出来たが、最も濫用されているのは「社会奉仕」の語であろう、奉仕の字義を知らない自己奉仕の連中までがこれを濫用して、駄菓子屋の店頭や床屋の軒下にまで社会奉仕の貼紙が出ている、流行心理学の一材料であろう。

これとは違うが、昨今最も広く一般に行われているのは、「この際」という語である、その例。

「この際の事ですから御辛抱下さい」

「何といってもこの際にはダメでしょう」

「この際そんな事をしてはならぬ」

「平常ならともかくこの際には遠慮すべしだ」

「この際だから我慢して置こう」

「何でも構わないよこの際じゃないか」

「この際の事だからそれでよかろう」

この「この際」という語中には、節制、寛容、素朴等の美徳を表わして、奢侈、驕慢、虚偽、虚栄、放恣、浮華等を戒めまた一面には復活復興を期する希望をも含んでいる、この際の「この際」という語は実に多義多様の簡約語である。

〔第二冊、一九二三年十月〕

天変地異を道徳的に解するは野蛮思想なり

自然に生じた吉凶禍福、これを道徳的に解釈するのは、原始民族の恐怖から起った宗教心の遺伝で、要するに野蛮思想の発露である。

造化の大脅威たりし今回の大震災について「僥倖と虚栄とで腐爛せんとした日本を天帝が首府東京を代表せしめて大懲罰を加えたのである」とか「この天譴《てんけん》を肝に銘じて大東京の再造に着手せよ」とか「神様の懲らしめを忘れてはならぬ」とかいった人もあるが、我輩はそれを冷笑に附している、自ら省て天罰と信ずる罹災者があるのならば、それも愚昧の仲間であるが、家を失い財を失い父に別れ子に別れ、夫に死なれ妻に死なれた者の中には、悪人も多かったであろうが、また善人も少くはない、生存者悉《ことごと》くが善人ではなく、罹災者悉くが悪人ではない、然《しか》るにそれを一律に天罰なり天佑なりとするのは、自然の不公平を無視する善悪混合の大錯誤で、自然科学を解しない野蛮思想の有害論である。

虚業家渋沢栄一が天譴説を唱えたに対し、文士菊池寛が「天譴ならば栄一その人が生存する筈はない」と喝破したのは近来の痛快事であった。

〔第三冊、一九二三年十一月〕

剽軽文句の不羅災通告

当代の奇人、米国伯爵と自称す不逞漢、山崎氏から去月左の印刷葉書が来た。

「今回の事は実に何とも申様がありません、貴家は如何でしたか御安否を伺います、マサカ自分自身がコンナ歴史上の事実に遭遇しようとは夢にも思いませんでした、私は家族と共に恰度《ちょうど》その時相州茅ヶ崎にいました、他の家は悉く倒れたに不拘《かかわらず》、町一番軽便簡易の家だけあって私の借家のみは倒れません、で一同無事に助かりました、安物買の生命拾《いのちびろい》とはこの事でしょう、地震鮮人火事海嘯と随分苦労はさせられましたが、別段心配もなく、有志をツツイて役場や警察を煽動し、物資の調査、奸商の征伐、患者の収容、町民の大会等を企んでいました、事務所丸焼の確報に接しては、愈々《いよいよ》新規蒔《まき》直しと先《ま》ず欣喜雀躍し徐《おもむろ》に計画を立てて直に八日帰京致しました、焼跡へ行って見ると豈図《あにはか》らんや事務所は丸残り、私は却《かえっ》て倒壊海嘯モッブの流言蜚語で死んでいました、悪運拙《つたな》く焼太らずといえども、天恩豊かに生残って見れば、折角の予定に少なからず狂いが生じ多少落胆は禁ぜずとも、結局これも天佑と諦めるの外なく、依って今後は従前通り、報恩的にかつは今日の場合止《や》むを得ず、益々軽便、親切、熱心を、モットーに、真に専心専門百般の法律事務をとり以て聊《いささ》か生活の資に報ゆる事に致《いたし》ました、就ては貴下に於ても不相変《あいかわらず》倍旧の御愛顧をたれ此上《このうえ》御引立を偏《ひとえ》に願上げます」

大正十二年九月　　　弁護士　山崎今朝弥

他が模倣し得られないヒョウキン文句、殊に地震鮮人火事ツナミの新語は、後世にも伝うべき今回の脅

威史になくばならぬ標識であろう。〔第三冊、一九二三年十一月〕

万代不朽の漉返原料　講談社の震災記

新年初刊の『読売新聞』に「際物《きわもの》の地震出版が早いもの勝ちで飛ぶように売れた事にも人は驚いたが、それが最近の図書市では卸値を定価の半額に下げてさえも一冊も売れない、市《いち》の昂進した時はその版元に対し仲間商人から『恥を知れ』などの半畳を浴《あび》せる者さえ現われたというに至っては、際物出版の余りな短命に人は再び驚かざるを得まい、拙速主義の新聞雑誌切抜出版は、その間に合わせのための貧弱な内容に仲間商人さえもが忽《たちま》ち愛想をつかしてしまう、改造社はそうした時機の必ず来るべきを予想していたのであろう、彼が浩瀚な『大正大震火災誌』（定価十五円）の予約募集を発表したのは十月末であった、その後急がず焦らず着々その刊行準備を進めて既に二ケ月を経過した（中略）今の所では申込口数約二万に達している、果敢《はか》ない際物出版を忌避し永遠の生命と完璧の内容とを誇ろうとする出版者の辛惨はこうして徐々に酬いられつつある」とあった。

この「恥を知れ」と罵られたのは『大正大震災大火災』を発行した講談社の事である。彼は決死的努力で材料を集めたと公表していたが、その内容は殆んど新聞切抜と名士の名を借りた代作物であるに、諸新聞紙上への大々的の広告を出して

「空前の震災史、絶好の国民教科書、各家庭必備書」

「子々孫々に伝うべき民族的記念、万代不朽の大著」

「敢《あえ》て血あり涙ある満天下の志士仁人に訴う」

「湧然起る讃美激賞の声、果然、売行如矢《うれゆきやのごとし》」

「増刷また増刷、今後これだけ良い本は出来難し」

など大書して俗衆を瞞着したのである、実は二十万部の印刷で、一冊の実費元価が三十五銭位の物、それを定価一円五十銭として卸値一円二十銭、十万円の広告料を投じてこの二十万部を売れば、差引七万円の純益を得られるというヤシ的打算であった、然るにその大々的広告文に釣られて買った者は十二万に足りなかったのである、増刷また増刷とか重版また重版などいったのは全くのウソで、今に売れ残りが八万冊ほどある、この残本を定価の半額七十五銭で本屋の市に出したので「恥を知れ」と罵られたのも無理はない、いずれ不日一冊十銭位の値でゾッキ屋の手に廻すか、『講談倶楽部』の残本同様、表紙を剥がして鐘淵の製紙会社へ漉返《すき》しの原料に売るであろう、アア絶好の国民教科書という万代不朽の大著も、その末路甚《はなは》だ哀れなものではないか。

〔第五冊、一九二四年一月〕

複合名詞の新旧語

地震の振動に擬して男女の閨事を「地震」と称するバレの代名詞があり、また近世は官吏の大罷免を「地震」と称したが、複合名詞としては尚五つ六つある。

▲地震御殿　昔京都の禁裏に建ててあった別殿をいう、炬燵櫓の如き構造で、大地震の動揺があっても倒潰する恐れの無いように組立た家屋、地震の時に逃込む場所としての堂宇であった。

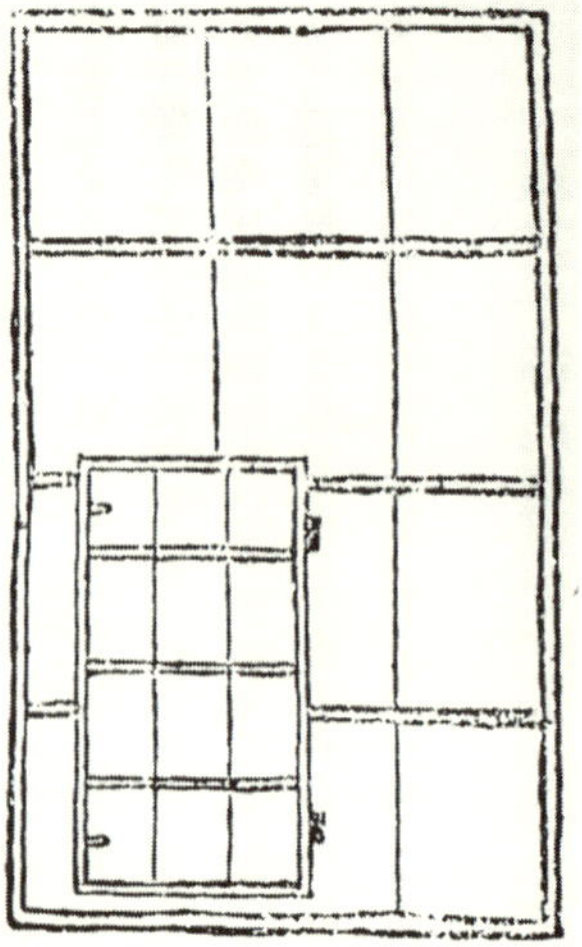

▲地震戸　大戸の下部へ小さい開き戸を附けたものをいう、地震の動揺で敷居鴨居が曲って戸があかない時には、その小戸を引きあけモグッテ逃げ出すに便宜のよう造ったものである。

▲地震内閣　大地震で人々がドサクサ騒いでいる最中に押出した内閣、火事場泥棒同様の格であるが、地震内閣といわれた丈《だけ》に頻々と余震が起り、終《つい》に大余震でモロクも倒潰して了《しま》った。

▲地震成金　震災で多くの人々が衣食住を焼失したに乗じ、その生活必需品を買占て暴利を貪った者をいう、この小成金は暴利取締令で罰せられたのもあるが、大きな成金共は最初から役人と結託して儲けたのであるから、憎々しい大ヅラに構えて威張っている。

▲地震後家　幾万という焼死者の中には、夫婦共死も多いが、また夫だけが死んで妻の生存しているのが少くない、これを地震後家というのであるが、その後二度目の夫を持ったもあり、また売春婦に化したのも沢山あると聞く、向島だけで私娼中にもそれが三十名程あると新聞に出ていた。

▲地震大工　「あれは地震大工です」という語を聴いた、そのワケを訊けば曰《いわ》く「帝都の復興には第一が建物で、各地方のあらゆる大工も上京しましたが、それでも尚不足なので、素人が俄《にわか》大工に成っています、木穴一つロクに掘れないで、釘を打つ位の事しか出来ない者をいうのです」

▲地震文士　地震に遭った文士をいうのではない、創作の力がない平凡文士共中、その後地震の事ばかり

を書いて、彼方此方《あちこち》の新聞雑誌に寄稿し、その報酬で生活している者をいうのである、「思索は生産なり」と売薬屋の広告に見えたが、思索ばかりでない「地震は生産なり」ともいい得る。

〔第六冊、一九二四年二月〕

燃える過去

野上彌生子

大正十二年九月一日の午後二時過。あの怖ろしい地震を近所の小さい公園の中に避けていた私たちは、西南の方に当って二三の爆音を聞いたと思ううちに、今まで正面の空一杯に立ち塞がっていた厖大な雲の峰——夜に入ると共に、これは下町のもの凄い火焔の姿を現わしたのであるが——とは別な黒煙を千駄木の森越しに認めた。本郷の大学が燃えているのだということが分った頃には、私たちの頭の上には盛んに灰が降って来た。灰の中には多くの紙片が交って飛んで来た。よく気をつけて見るとそれは書物の燃え屑らしかった。黒く焦げてはいるけれども、或《あ》る紙片の表には明らかに古本らしい印刷の文字が読まれた。ラテン語の燃え屑を拾った人もあった。私たちは図書館が焼けつつあることを軈《やが》て知った。

「知識の宝庫が燃えている。」

少しでも書物を愛することを知っている者は、戦慄なしにそれを見ることは出来ない筈《はず》である。私は目の前の空に流るる煙を眺めながら頭に降りかかる灰と、絶えず起る地震の中で、様々なことを考え続けた。

私は五六日前までいた日光の山の中で毎日楽しみにして読んだ書物の一つの中に、恰度《ちょうど》今目前の光景と同じ場合を描き、且《か》つ、その貴重な焼失物に対して、独得の果断な解釈を与えていたことを思い出した。それはバーナード・ショオの戯曲で、アレキサンドリアの図書館の火事に際する、シーザーと王トレミーの師、シオドタスの対話であった。私は地震と火事の騒ぎがやっと静まって、久しぶりに自分の机の前に坐った時、その対話の下に記念のために線を引いた。それはこうである。――

シオドタス　みんな焼けてしまったのです。シーザー、あなたは書物の価値も分らない野蛮な軍人として後代に示され度《た》いのですか。

シーザー　シオドタス、わしだって著作者だ。が、エジプト人は一にも書物、二にも書物で酔生夢死の生涯を送るよりは、自分たちの本統《ほんとう》の生活をする方が大事だ。

シオドタス　不朽の書物は十世紀にやっと一冊きり出来はしません。

シーザー　その書物だって人類に役立たなくなれば焼かれるだろう。

シオドタス　歴史がなくなれば、死はあなたを一兵卒の横に寝かせますよ。

シーザー　死はどんな時だってそうなのだ。わしはそれ以上の墓を求めはしない。

シオドタス　そこに焼けているのは人類の記憶です。

シーザー　恥ずべき記憶だ。燃えるがよい。

シオドタス　あなたは過去を滅ぼす積りですか。

シーザー　なに、その廃墟で未来を建設するのだ。だが、聞き給え、シオドタス、君という人はポンペイの首をば羊飼が一箇の玉葱を買うほどにも買わなかった癖に、間違いだらけの、けちな羊皮のために、老の目に涙をためてわしの前に跪《ひざまず》く。だが、わしはただの一人もバケツ一杯の水もそのために貸しはしない……。

不安と騒擾と影響と

水守龜之助

二度の強震の去った後、私達は高台にある自分の家の危険を恐れて、表通りの心安くしている家へ避難した。その辺の人達はみんな戸外へ荷物をもち出して、いざといえば逃げ出そうとする用意をしていた。そして、余震の来る毎《ごと》におびえ戦《おのの》いていた。

飯田町方面にあがった烟《けむり》は益々《ますます》劇《はげ》しくなり、ひろがって行くばかりである。神楽坂方面から続々とやって来る避難民の老幼男女は直ぐにひきもきらず続くようになった。それで見ても火の手が如何に猛烈に町から町へと燃え移って行きつつあるかが想像された。併《しか》し、まだその時は後に聞き知ったような、あの言語に絶した惨事が演ぜられつつあるとは思っていなかった。

私は軒先へ椅子をもち出してぞろぞろとどこへ行くのか分らぬが、郊外の方向を指して行く人々の哀れにみじめな姿を送迎した。単にそうした光景だけを見ても、かつて夢にも思い描いたことのない程の惨憺たるものであった。

私はロシヤの革命のことを頭に描いた。また白耳義《ベルギー》の戦禍を想像した。しかし、これは天災である。人力で如何ともすべからざる不可抗力である。私は混乱と動揺と破壊の状景を眺めやって、如何に人間の力の微々たるものであるかを今初めて考えさせられるような気がした。

夕方近くなって私は飯田橋の方へ出かけて行った。そこらは避難者や見物人で雑沓《ざっとう》を極めていた。凄じい火と烟の勢いは天地を閉じこめて、一体どこ迄焼けて行っているのか、殆んど際限のないような光景を呈していた。私は省線の線路にかけあがった。見ると眼の下はもう一面の焼土で余燼がまだ盛んに燃えていた。更にひき返して、飯田橋から大曲の方へ行くと、砲兵工廠を焼きつつある火は大曲の方へ舐めのびて行っていた。焼け出された人々は川ぷちと川の中へさまざまな荷物をもち出していた。火は燃え放題にまかされているのである。そして誰も彼も唯《ただ》放心したように眺めているのみであった。私も茫然として暫く眺めていた。それは最早驚き以上のものだったからである。南方から渦巻くように天空にはびこっている怪しい雲の姿を見て、人々は伊豆の大島が噴火したのだといっていた。私はそこからひき返した。

夜になると東方一面と北と南へかけて空は気味悪いまでに赤く染められていた。避難して来る人は幾千幾万とも数知れない程で益々殖えて行くばかりだった。地震と同時に水道の水は絶えていたが、夜になると更に電気のないのに、一層不安の念を増させられた。僅かに蝋燭の火があちらでもこちらでも、ほの暗く瞬いているばかりである。而《しか》も、地震はいつやって来るかも知れないという恐怖の念は暗くなると、益々募って行った。勿論、私とても眠るどころの騒ぎではなかった。家の中で不安に戦きながら身体を横《よこた》えている人達も、ちょっとした震動を感じてすら、直ぐキャッと叫んで表へ飛び出して来た。

漸く夜は明けたが、不安は少しも去らなかった。山の手を除くの外《ほか》、下町一面火の海と化すると共に、こちらでもいつ鮮人の為に放火せられるかも知れないという噂が伝わった。赤城下の方で、その現状を発見されて、追っかけ廻しているといい触《ふら》すものもあった。それから流言蜚語は益々盛んになって来たのである。

若し、こちらへ火が入ったら？　という不安は何人の心をもとらえた。実際そうなれば最早絶望だからである。私の家でも家財の始末を初めた。するうちにも、通りの雑沓と混乱の中で鮮人が襲って来たといって手に手に得物をもった人々が狂わんばかりに駈け廻っているのが見られた。近所のカッフェの給仕女の死体が隣家のストーブの烟筒が壊れた為に、その下敷になっていることが確められた。群衆が××を捉らえて半殺しの目に合わせる光景をも目撃した。日本刀を携えて公然闊歩する壮士の一団もあった――こうして、兎に角、大東京も一時は無秩序無警察の修羅場と化し、流血と、恐怖と、騒擾と、飢餓の巷となって了《しま》ったのであった。

その後、私達がどんな昼と夜の幾日を送ったか、それは最早何人にも知れわたっていることだから書く必要はあるまい。唯《ただ》人間というものが異常の場合に処しては、全く異常な心の働きのままにうちまかせられて了うものだ。そして、それは平常の目に於《おい》てはとても想像出来ないものであることを痛感したことをいっておけばよいのだ。

今度の震災によっては筆舌を絶した影響を与えられた私一個の心理状態から考えても、経済や生活上の変化は無論の事、文芸思想の上にも意外の影響を及《およぼ》したことは断言してもよかろう。

英国の例を見ても、大改革前の農民運動に材をとったゴールド・スミス《ママ》の〔オリヴァー・ゴールドスミス〕作「荒村」があり、チャーティスト党の騒動を描いたものにはディスレリ《ママ》〔ベンジャミン・ディズレーリ〕作の「シビル」や、キングスレー〔チャールズ・キングズレー〕作の「オルトン・ロック」があるということを聞いている。こんな例は外にいくらもあるに違いない。最も敏感な文芸の士が、今度の震災によって無感動でいる筈はない。今後、いろいろ作品の上に描き出されることは余りに明白な結果といわなければならない。

今日はもう十四日だ。稍《や》や気持も落ち付いたが、私にはまだまだ考えねばならぬことが多くあるような気がしている――。

われ地獄路をめぐる

藤澤清造

私が吉原へいって見たのは、四日の日だった。そして、これは今度のことがあってから、私が謂《い》うところの、災害地なるものを見てまわった最初だといってもいいのだ。

なるほど、私が歩きまわったことをいうと、私は一日の夜も歩きまわってきた。その時は、本郷三丁目へでて、それを左へまげて、三筋町まできたのをまた左へまげて、今度は入谷までいってみたのだ。そこへ行く間には、徳田秋声、久米正雄、久保田万太郎などへ立ちよっていったのだ。で、この時私が、久保田のところまできた足を、どうして入谷までのしたかといえば、そこには私の知っている医者が一軒あったからだ。私は、そこの安否を知りたくて、入谷の電車停留場までいってみたのだ。するど、そこいらはもう一帯に、みる目も恐ろしい火に呑まれていた。私が叩きつけるようにして降りしきっている火の粉のしたをかいくぐりながら、そこは横丁になる入り口のところまできて見ると、私の尋ねていこうとする医者の家のあるところなどは、一面に火の海になっていた。それを見ていると、見ている私の額があつくて溜らなくなってきたから、遑《あわ》てて私はあとへ引きかえしたのだ。

その時だった。そこの入り口から、十間ばかり手前になるところまでくると、これは私が行きしなにも見ていったのだが、そこで火を食いとめる手段として思いついたのだろう。これが人間なら、ちょうど首にでもなろうかというあたりへ、直径二寸位の麻縄を二本一軒の家へゆわえつけて、それを幾十人かの人達が、夢中になって引いているのだ。——その人達の頭のうえへも、しきりと火の粉が降っていたのはいうまでもない。

それを見て私の思ったことは、「地震の威力さ」ということだった。——一瞬にしてなお大廈《たいか》高楼をも、地上へ叩きつぶして退ける地震の持っている力と、大廈高楼に比していえば、茅屋《ぼうおく》にもひとしいような家一軒を倒すのに、幾十人かの人達が、汗水ながして引きながらも、なお容易にそれを果すことの出来ない腕のよわさを知った時には、私はいきなり、氷漬にさらされたようになってきた。こういうことを見てきてからこっち、私は私のいる町内から、一歩も足をそとへ踏みださなかったといってもいいくらいだった。

×

それから、私がこの日、吉原へいったというのには、またそれ相応のいわれ因縁があるのだ。そして、それはどうしたのだというと、その前の夜、私がそとで夜番をしていたのだ。すると、何処《どこ》からきたのか、洋服で身をかためた一人の男が私のそばへやってきて、

「私はきょう吉原へいってきました。」というのだ。私がだまっていると、その男は、すぐと詞《ことば》をついで、

「病院の前の池のなかには、あれで何百人いるでしょう。かあいそうに、みんな死んでるのです。」とい

うのだ。その詞の調子は猫の鼻先でもなでるように、至極ひややかなのだ。そして、間もなくその男はきえていってしまったが、私にはなにか知ら、それが気になったから、この日は二三時間ばかり寝ておきるとすぐ吉原へでかけてみたのだ。

×

吉原へいくのには、私は龍泉寺のほうからはいっていったのだ。つまり、その日私は宿をでると、路を谷中にとり、そこの御隠殿坂をおろすと、小島政二郎のところへ寄ってみたのだ。

それから中根岸を通って、金杉は上町の電車通りへでたのだ。そこを三島神社についてまっすぐに行ったのだ。

根岸を通ってくる間にも、そこここに倒潰している家を、幾軒だったか私はみた。それに倒れていない家は、わずかに突っかい棒でもって、危くそれを支えていようというのも、私は幾軒かみた。そして、通りへでて立っている人達や、またはそこいらを歩いている人達の、拵《こしら》えや顔色をみただけでも、私は自分のこころを、搾木《しめぎ》にかけられているような気持ちにされてきた。

それに、電車通りへでてくると、そこいらは一面、目のおよぶ限り焼きはらわれて、まるで野原をみるも同様になっていたが、それを見ていると、私の目はひとりでに曇ってきた。焼け跡からは、なにが燃えているのだろう。まだしきりと煙をあげているところもあった。

それからまた、そこには老若の男女が、なにを見つけているのだろう。金の棒切でもって、しきりと灰のなかを掘りかえしていた。私は焼け跡へはいってからは、路のうえへ無数におちちっている電線にばかり目をつけて歩いてきたのだが、ふとこの時それをあげてみると唯そこには、半ばちかくうえを取りはらわれてのこっている十二階のみが、私の眉のさきに立っていた。それを目安にして私はあるいていったのだ。

×

やがて私は、京町の門の前へでてきた。中へはいってみると、そこいらには、二階の手摺《てす》りにでも使っていたのだろうか。直線曲線を配合してできた鋳物と、古葛籠《くずかご》をたてたような金庫と、大きさは、その金庫を五六倍したような土蔵とが、二棟三棟のこっている外は、ここもまた、水で洗ったようになっていた。その有様を私は、私の頭のなかに残っている、ありし日の華やかさに比べてみた時には、名状しがたい寂しさを覚えた。

そのこころを無理から引きたてて、その通りを歩いていくと向うからくる人達は、みな手拭《てぬぐい》でなければ半巾《ママ》でもって、鼻をおおうてくるのだ。私は、

「莫迦な野郎だなあ。」とおもった。私は、

「灰がとびやしまいし、おあい屋のまえを通るんじゃあるまいし、間抜けな野郎達だなあ、」とおもった。そう思いながら、焼けて形ばかりを残している、そこの交番について曲っていくとそのつきあたりが病院の焼け跡になるのだ。

で、その病院ちかくへきた時だった。まず私の目に、一個の死体がついてきた。と同時に私の手は、いまのさき行きあった人達をあざけった内なるこころへ冷笑をなげながら、首へまきつけていた手拭の端をつかんで、それを鼻のあたまへ持ってきた。そして、度胸をきめて、その傍を通りしなに見てみると、そ

れは在郷軍人ででもあったのだろう。体はかたく鼠色の毛布でもって包まれていたから、身の拵えは分らなかったけれども、頭のほうには、ふとく赤筋をひいた軍帽がのっていた。

それをちかく目にすると、一つはこれが死体をみた皮切りだったせいででもあったのだろうが、私の目は、ひとりでに左のほうへ向きを変えてきた。すると、今度はそこの池の縁《ふち》に群《むらが》っている人達の姿が目にはいってきた。と思うが早いか、そこへ漂いながれてくる匂いが、いきなり私が自分の鼻のあたまへあてていた手拭の目をぬけて中へはいると、すぐとそれが頭のなかへやってきて、そこで目のまわるような、「死の舞踏」というのを押《お》っぱじめた。というよりも、寧ろそれは、私の体にある、毛根という毛根からやけに内のほうへと侵入してきた結果が、しまいには内の内なる私のこころをして、「死の舞踏」をさせてきたのだといった方がいいかも知れない。

とにかく私は、その匂いを聞くと、あとはもう何者かに引きつけられるようになって、その池のほうへと寄っていったのだ。そして私は、そこにいる人達の肩ごしから池のなかを見たのだが、一目みるともう私の体中が、麻酔剤をかけられたようになってしまった。

×

ここの池は、一度見たことのある程の者は知っているだろうが、そんなに広くおおきなものではない。恐らくその周囲は、どう広くみつもっても、十五間は出ないだろう。だが、しかし、恐ろしいのは、それはそんなに大きくはなくとも、池のなかは寸隙もないまでに死体でもって埋っていることだった。

私のみたところでは、そこに浮んでいる者の十中八九はおんなだった。しかもそれは若いおんなだった。

場所柄からみて私は、それらの者を、みな花魁《おいらん》ではないかと思ったが、しかしそれにしては、身につけている浴衣の模様や、下にしめている腰巻などが、どことなく野暮にできていて、ともすると、私が最初のこの思いつきを、まるで磨きすました鋏のようになって、あとからあとからと裏切ってきた。がしかし、これは大部分花魁なのであろう。

×

それはそうと、これはまた、なんという惨《むご》たらしさ、なんという醜さだろう。心ある者の目は、それをひとめ見るが最後、もう叩きつぶされてくる。もしこれを正視する者があるとすれば、それは金棒のような神経繊維を持って生きている者のみだろう。

池のなかにいる女の多くは、申合《もうし》せたようにうつぶせになっていた。だが中には、仰向けになっている者もいた。それについて見ると、かっと目を見開き、口をとがらかしていた。なんのことはない、それは怒っている蛸を見るようなものだった。

そうだ。それに鼻のみえないのなども、蛸そっくりだった。何故かといえば、彼等がもう果敢《はか》なくなってから、六十時間以上も経っている関係上、しぜんと全身へは浮腫がきているからだ。つまり、顔だけについていえば、頬がむくんだ結果、鼻はその間へ落ちてしまって、ちょっと見には見えなくなっているのだそうだ。そしてその目口からは、ふつふつと泡立っていた。

浮腫のことをいえば、これは全身のこらずそうだった。これ以上にむくむが最後、もう皮膚もやぶれてしまうと思われる度合いにまで、それはむくみ切っていた。そして、その姿態は、みながみな、手は空を掴もうとしていたもののように、指をひらいたまま、前のほうへ出していた。

　また足はといえば、これも手なら、肱《ひじ》のところから少し曲っているのと同じように、膝のところを少し曲げて、思いきり左右へ押しひろげていた。そして、これが男なら、、、

×

　だが、これだけではいけない。本当にその死体のさまを知ろうとするには、今度はその皮膚へ、したたるような鮮血をぬるのだ。それへ、黄洟《きばな》のようになって、悪疾からもれてでてくる膿汁をぬるのだ。それを杉葉の煙でもって、薄くこれをいぶさなければならない。

　また、髪は遠火でもって、焼きこがさなければならない。それへ成るべく野暮な模様をおいた浴衣を着せるのだ。そうだ。それを泥でよごさしたうえへ、人間の体からにじみでる脂肪をおとして、そのために薄くぎらぎらと光っている水のなかへ浮べてみれば、ほぼ大体の見当はつくだろう。

　いや、それから、忘れてはいけない。前にもいったように、この水がいったん茹《うだ》ったうえに、六十時間以上も経過している関係上、その死体はみな腐爛しかかっているのだ、だから、それから発する匂いが、鼻を通してこころへやってくると、こころはこの世の終りでなければ見れないような、恐ろしい「死の舞踏」をはじめているのだ。だから、その舞踏をやりながら、これを目にするのだということを忘れてはならない。

はな、私に教えてくれた男は、その池の中の死体を、何百あるか知れないといったけれども、これは恐らくは、こうした場合に、人間の誰でもが本能的に持っている、そして、それが卑しい誇張からしていった数学なのだろう。あるいは、その池の下には、幾百人かの人達が、下積みになっているかも知れない。それは、鼻をつぶしてくる悪臭さから、私にだって一応は、この目に見えない溺死体のことも想像できないこともないのだ。

だがしかし、それは飽迄《あくまで》想像で、私の目でみたところでは、多くもそれは百人をこえてはいないだろう。だが数は千人に対する十分の一に過ぎないけれども、それに依ってそこに設けられている池が、寸隙もないまでに埋められつくしているのを思いみるとそれを見ている者の魂が、自分の体から出たり這入ったりしてくるのも、大抵は見当がつくだろうとおもう。

さらにこれが人一倍敏感な人なら、その死体の蔭に、猛獣のような声をたてて、たけり狂っている心の手を見ることも出来よう。また水の底へは、その火焰の手におおとされて、池のなかに溺れていった人達の、せつない呻き声のしみこんでいるのを、はっきりと耳にすることも出来よう。がしかしそれを外にしても、いま私のいっただけのものを用意してかかれば、莫迦でない限り、みなの頭のなかで、大体のことだけは見ることが出来ようというものだ。

×

私は、悲惨というのか、それとも残酷というのか知らないが、これほど恐ろしいものをまだ見たことはなかった。そして、それは、悲惨さ残酷さの附物なのだろうけれど、またこれほど世にも醜悪さを極めたものを目にしたこともなかった。

これはそれだからだろう。私はその池のそばに立っていた時には、この世の女という女なるものが疎《うと》まれてきた、少くとも吉原にいる花魁という花魁は忌まれてきた。これからさき、この私がどんなに有福《ママ》な身分になり、またどんなに烈しい性慾の衝動をおぼえたからといっても、もう私は二度とふたたび、この地へ足ははこぶまいと思った。

×

で、私は、今度はそこの池のふちに、生焼けになって打《ぶ》ったおれている肥った男、それは台屋の若い者らしかった。それと少し隔って、一方は十五六の女と、一方は三十くらいの年増との間にはさまれて死んでいる三人の子供。それに、池の真中へかかっていたのを、中程から焼けおとされてしまった橋の欄干へ両手をかけたまま、果敢《はか》なくなっていた若いおんなの姿などへこころを残して、そこを離れてきたのだ。

するとその途端だった。千束町のほうからはいってきた、袢天着の若い者三人にすれちがったかと思うと、そのうちの一人が、「なんてざまだ。目もあてられねえってなこれだなあ。」というと、他の一人がそれを受けて、

「あたりめえよ。三十日の晩によ。こちとらを掴えて、『ちょいとお前さん、もう三円おだしよ。』てなことを抜かしやがってよ、夜があけるとこちとらを、お拾いあそばさせやがった尼達だ。ざまを見やがれ。」

というのが私の耳についてきた。

それを聞くと私は、何か知ら溜らない気持ちになってきた。いって見るとそれは、自分の胸のうちに貯

えていた石油へ、いきなり火をつけられでもしたような気持ちだった。だから私はいよいよ追われるようにしてそこを出てきたのだ。

なんでもそこの通りへ出てくるまでには、地上へふせたようにしたトタン葺のなかに、命があるとは名のみで、全身を黒焦げにこがした者が、別々にだが二三人いたようだった。だがしかし、もう気もうわずっている私には、そういう者ははっきり目につかなかった。

ただ私は、猟師におっかけられている小兎のようにして、自分の宿へかえってきたのだ。だが、その間にも気になって溜らなかったのは、鼻ではない。こころに残っている悪臭だった。その為に私のこころは、何時《いつ》までも「死の舞踏」をやめようとはしなかった。仕方がないから私は、――帽子をはじめ、首へまきつけていた手拭、それから全身へと。最後に私は、鼻の穴のなかへまでも、それを振ってもらったのだが、しかし、それでもまだ、こころのうちでやっている「死の舞踏」は、なかなかに止みそうにもなかった。

徳田秋声の留守宅へ寄った時に、上り框《かまち》へでてきた一雄君にたのんで、香水を振ってもらったのだ。

×

宿へかえりついて、自分の部屋へはいると私は、いきなり帽子や浴衣をかなぐりすてて、変りの浴衣へ手を通すと、そのままそこへ打ったおれてしまった。ところへ珍《めず》らしくも女中が、膳をもってはいってきた。だが私は、腹はすいてはいたが、しかし、なんとしても鼻が気になってならないところから、それへは碌々《ろくろく》箸もつけられなかった。

ただ私は、連日の疲労のうえに、その日はそうして歩きまわってきたので、私の体は綿のようになっていた。だから私は、すこしでもいい、眠りたいと思った。だがしかし、眠ろうと思って目をつぶると、私のこころの中へ、まず吉原でみてきた池のさまが、まざまざと見えてくるのだ。仕方がないから私はまたはっと思って目をあけたのだ。

だが、目をあけてみると、一方体のつかれが自然にそれを閉じてくるのだ。そして、閉ずるが最後、またもその池のありさまが、はっきりと心のなかへ浮びあがってくるのだ。それを幾度も繰返していると、終《しま》いにはそればかりではなく、私が帰り路にみてきたいろいろのことが、これもはっきりと、こころの中へ映ってきてならなかった。

例えば、そこには吾妻橋から、駒形河岸へかけて、哀れにも流れただよっていた幾十人かの溺死体があった。また、これは一日の夜のことだった。そこの物乾し台にたって、神田、日本橋、本所、深川、それに浅草は吉原や千束町辺を焼いている猛火が、そこいらの空を一面に、すごく底光りを持った銅色でもって塗りつぶしているのを眺めながら、私は久保田と二人で、

「大抵火は大丈夫でしょう。」

「私も火のことはそう思うんですが。」などと語りあってきたそこへ、その日立ちよって見ると、元の姿は消えてしまって、跡に残っているのは、一握にあまる灰ばかりだといった風になっていたそれもあった。

それからまた、これは厩橋からすこしこちらへきたところでみたのだが、そこに一個の死体があった。そして、目につくのは白い歯ばかりで、どうしたのか膝からしたを無くしていたその死体は、黒く焼きこげていたそれもあった。

×

これらが無惨にも、倒れしなにその傍で、鳩にやる豆を売っていた老婆を三人も圧死してのけたのだそうだ。ところは浅草観音堂まえのあの石の大灯籠が。これを人間にたとえていうなら、首と胴、胴と足とをみな散りぢりばらばらにして、そこへ倒れていた有様や、またこれは、彼等が焼け跡から拾ってきたのだろう。ちょうど鬼の持つそれのように、各自が手に手にてごろの鉄棒を一本ずつ持って、そこを出入りしようとするのを、

「おい、それをこちらへ寄越せ。それをこちらへ寄越せ。」といって怒鳴りながら、見附しだいに残らずその鉄棒を取りあげていた仁王門まえの兵卒のようすなどと一緒になって、代るがわる私のこころの中へ押しよせてくるのだ。そして、その手や足でもって、そこの底にこびりついている悪臭を掘りかえすのだ。すると、幾分疲労しかかっていた「死の舞踏」は、いってみると、「渦巻く悪臭」という一大交響楽を得たせいでもあろう、今度はまた、そこへ押しよせてきた者達とともに手に手をとりあって夜っぴて踊りぬくといった風だったから、その夜私は、まんじりともすることが出来なかった。ようやくのことで、私が眠りについたのは、それはあかあかと夜が明けはなってからだった。

サーベル礼讃

佐藤春夫

小生が、今度の変事で最も感心したことは何と言っても軍人の威力である。——自然の威力に就ては何も今さらではないから。ところで一《いっ》たい、天然の災害に対して剣つき銃の出動を俟《ま》たざるを得ざるかの如きは、その理由が何から発しているかを知らず最も不泰平の象ではあるまいか。邦家及び市民の名誉だなどとは決して誰も言うまい。しかもその軍隊が無かったら安寧秩序が保てなかったろうと考えさせられるのだから、この際、御同様、礼讃すべきものはやはり威光燦《さん》たるサーベルではあるまいか。さればこそ、恐らくは時代の先駆を以て自任するすべての雑誌などからは当分「所謂《いわゆる》主義者」の名前などは影を没するであろう。如何《いかが》でしょう、天下の雑誌経営者諸君。

運命の醜さ

細田民樹

地震の記憶

明治三十七年六月二日午後二時ごろ、私は小学校の帰途、田舎にはよくある線路下の草道にそって歩いていた。恰度《ちょうど》鉄橋のわきの一本橋にかかると、俄《にわ》かに橋がゆらゆらと動き出した。先頭だった私は、もう大方渡りつくしていたので、身体を揺られながらも、向うの堤防《どて》へ駈けつけたが、一本橋の途中にいた子供達は、悲鳴をあげながら橋にかじりついたり、振り落とされて、水の中に沈んだりした。

見ると遥か向うの山の上から、大きな岩がもの凄い砂煙をあげて、麓の方へ転落して行く、走っていた汽車は、はたりと止まる。部落の方では何とも言いようのない、恐怖の声が起こっている。禿山の急な勾配に、うなるような地響きをたてて、真黒い砂煙と共に、転び落ちる岩を見た瞬間、子供の私は、地震というような言葉と一致しない、何か天地が全くひっくり返ったような、強い恐怖を感じずにはいられなかった。しかし大きくなるに従って、その記憶が妙にロマンチックなものになって、当時のことは、永く忘れられない異常な夢でも見たようにしか、残っていなかった。

非常な場合

「大地震だよ。」

私は今度の地震が来た時、毎朝見る四つの新聞を殆《ほと》んど見終っていたが、何だか書斎に上る気がしないので、まだ見ぬつまらない記事を手間取って探していた。と、地の底から蒸れ上るような、あのドウッ……という音を聞いた。私は本能的に、少年時代の記憶を思い出したのか、どうも日頃の地震とは違っているのを感じて、傍にいた妻に言った。そのうちにぐらぐらと揺れ出して、襖《ふすま》は倒れる障子は外れる。私はちょっと立ち上ったが、歩くことも駈け出すことも出来ない。で、またすぐ坐って、眼の前の、本や硯箱のおいてある机を立てたが、生憎《あいにく》その机は小さいので、縦にしても、私の坐っている高さしかない。でも私は、その瞬間、机の前にぼんやりしていた。そしてぼんやりしている自分に気付くと、早速押入れを開けて、幾枚か蒲団を積んだ。家内のものは、箪笥の方へ来いと呼んでいるのだが、私には却《かえっ》てそちらが危険な気がしたからだ。だが、少し緩くなると、私は家のものに呶鳴《どな》って、すぐ隣りの空地へ出た。外から見ると、家は波の上にあるように、大きく揺れていた。

こんな非常な場合の処置に、その人の性質や機鋒がよく表れるものだが、私が頼りにもならない小さい机の前に、ちょっとぼんやりと、なす術もなかったことは、後で自分に恥しくもあり、苦笑を感じたことだった。

巻雲

地震の後、空地に出て見た東（下谷、浅草の方面）の空の巻雲は、かつて見たことのないような異様なものだった。焼け上る煙に影響せられてか、それとも何か地震と関係のある為か、とにかく幾つもの雲の峰が、底から突き上げられたように、湧き上る。凝集しきった、固体のように固い塊りが、打《ぶ》っつかって砕けたり、渦巻いたりした。私はいつも、二階の書斎から、武蔵野に湧く雲を興深く眺めるのだが、この日のような巻雲を見たことがない。或《ある》写真屋で「地震刹那の雲」として、装飾窓に出していたのを見ると、まがしい雲を感じたのは、私ひとりではないのだろう。

そして、あまりに激しく地上が燃える為に、まだ日の暮れないうちから、焔の色がその巻雲に反映して、夕焼けとは違った赭色の光りが黒煙と雲の間にひろがって行った。「炎焔天に冲《ちゅう》す。」こんな言葉の事実を私ははじめて見た。日の暮れるに従って、遠い爆音は頻々と起こり、空は益々紅《あか》くなった。それに爆音とも、雷の音とも違ったような、長い、而《しか》も余音のいつまでも衰えない、不思議な音が遙かに響いて来た。

「雷にしてア、音が長いですね。」

みんな不安な顔で言っていると、誰かが、見て来たように、ツナミだと言い出した。

「そうだなア、ツナミだよ。」

「でも、このあたりは大丈夫でしょうね。」

暗くなるころから、人々は不安に閉ざされて了《しま》った。

少年鮮人

避難者の右往左往する大通りを、鼠色の小倉服を着た、十七八の少年鮮人が、在郷軍人の徽章《きしょう》をつけた男に引っぱられて行く。

「私、怪しいものじゃありません、おやじと一緒に、神田の家を焼け出された商人です！」

少年は真蒼な、恐怖に満ちた顔をして、上手な日本語で弁解した。引っぱって行く在郷軍人は、多少解っているると見えて、唯《ただ》少年の袖を握っているばかりだが、後《うしろ》からぞろぞろとついて行く群衆が、××××くやら、バケツで××××り飛ばす。一旦擦れちがって行き過ぎた男も、それが××だと聞くと、わざわざあと返りをして×××つける。或《ある》ガードの下まで来ると、私服を着た巡査が、「俺の方が本職だ。」といわんばかりに、腕をまくって、その少年を受け取ると、ぐいぐいと××××××る。

私は人間の腕の存外強いのに驚いた。あんなに××上げられて、どうして××××のだろう。或いは××ていたかも知れない。

私は少年の様子から見て、それが決して所謂《いわゆる》不逞の徒とは思わなかった。そして今でも、私の眼の間違わなかったのを信じている。

社会主義者の為に

大火の原因に就いては、社会主義者も濡衣《ぬれぎぬ》を着せられているようだ。世界の社会主義発達史の上に、天災に乗じて成功した記録は、恐らくないだろう。主義者はそれを知っている筈だ。また社会主義の戦法としても、天災の惨禍に輪をかけて、民衆の同感を失い、却って憎悪を徴発するような、そんなどじ、はふまない筈だ。単に第一段の破壊という戦法からいっても、天災を利用することの、如何に不得策であるかは、解りきっていよう。

もしこの大火に、日本人の放火があったとすれば、それはいつもこんな場合にある放火狂か、騒擾狂に過ぎないだろう。

主義者が放火したという事実の有無よりも、寧《むし》ろそんな流言の澎湃《ほうはい》として生まれたことが、かなり雄弁に、現在の人心傾向を語っているのではないか。

被服廠跡

「何しろ、他所《よそ》へ逃げようったって、あの辺にいた警官が、あっちでもこっちでも、みんな口を揃えて、被服廠跡へ逃げろ、被服廠跡へってんで実際他所へ逃がしてアくれないんです。全く他に空地もないところですから、警官のそういうのも尤《もっと》もですが、私なんざア、逃げようと思えば、まだ亀沢町の方へ、どうかこうか逃げられたんです。しかしあんなに広い被服廠跡なら、勿論大丈夫だって気がしましたから、みなさんもそうだったのでしょう。」

全身に火傷をして、被服廠跡から、助かった人の話だ。

私は警官の指導が誤っていたと責めるのではない。あの狼狽の際、咄嗟《とっさ》の処置として、他に良法もなかったであろう。だが、警官のうちに、或いは避難者自身のうちに、もっと大局に目をそそいで、あそこへばかりかたまらなかったら、あんな未曽有な惨害が、半減したかも知れない。しかしこういう私自身が、あの附近に住んでいたなら、矢張り三万幾千人と同じ運命に陥ったかも知れない。

夜警

私の隣りの部落の夜警は、附近の原っぱに寝ていた白痴を滅多斬りに斬って、警官に渡した。私は斬られた男を見た。

「バカで神経が鈍いから歩けたんですが、普通の人なら、とてもあの傷で歩けるもんですか。」

警察へ引致しておいて、帰った警官が言った。

私はその前、輸送貨車の中で、自分さえ乗れば、他に避難者は乗せまいとする、いやな避難者を叱りつけたが、それと同じように、この白痴を斬った男が解れば、承知出来ないような気がした。

夜警をしていると、方々でピストルの音がして、

「警戒！　警戒！」と、石油鑵を叩く。

そんな時には、誰にも頼ることなく、自分ひとりで出来るだけ応戦しようという気になる。無警察、無秩序の恐怖から脱け出て、とにかく自分ひとりでも強くなって、防がねばならないという心持になる。

恐らく、多くの人も、そんな気持で夜警をしたに違いない。それで却って、自警団の団結が固くなったのだろう。

落日の余光

丸ビルが完成して賑《にぎわ》う。ダンスは流行の絶頂にあって、夜は舞踏や夜会の町と化した。クライスラーが

来る。ホルマンが来る。東京の繁華は近来素晴らしいものだった。しかし凡《すべ》ては、落日の最後の光輝だった……。

運命の醜さ

見渡す限りの荒野原は、芝生でも草原でもない。唯、どこまでも赭色に乾ききったがらくたに過ぎない。全都を覆う死人、死馬のにおい、川の上にも橋の下にも、死人は仁王様のように転がっていた。白骨となっているもの、鮭の生焼けのように、黒焦の肉や血が骨に纏《まと》いついて立っているもの、骨になっても手を握りしめている焼死者、口と手をひろげきって、すいかのような肛門を出している水死者。それらのものは、もはや凄さや、恐ろしさや、悲惨や惨虐の限りではない。ひんまがって倒れかけている鉄筋の赤煉瓦、捻《ね》じくれてながまっているセメントの大建築、鉄骨の行列のように焼きつくされた汽車、押しつぶされた大理石の柱、とにかく建築といわず、死人といわず、街路樹といわず、唯、眼を覆いたいような醜《みに》くさばかりだ。

これらの惨状を目撃して、尚《なお》自然の営みを冷静に客観しながら、そこに何等かの美を感じるものは、恐らく神自身か悪魔より外《ほか》にはなかろう。

運命は、実に醜い結果を残すものだ。

（大正十二年九月十三日）

夜警

長田幹彦

丁度《ちょうど》大地震があってから三日目の晩である。私は寸暇を偸《ぬす》んで、避難していった先の或《ある》家の門のところに戸板を敷いて、そのうえで夜露に打たれながら肱枕《ひじまくら》をしたまま寝ていると、もう午前二時頃とも思《おぼ》しい真夜半《まよなか》に、忽如夜陰を衝《つ》いて恐ろしい叫び声が聞える。初めのうちはうつらうつらとしていたので、何を叫んでいるのだかよく言葉は聞えなかったが、漸次《だんだん》と近づいて来るその声を聞くと、何《な》んでも、男の方は皆武装して角へ集ってくれと触れ廻っているのである。その日の夕方の申合わせに依ると、萎微した警察力には信頼が出来ないというところから十二時から先はその町の人々が交代に夜警に出ることになっていて、もし何か異変のある場合には、歩哨に立っているものから急報するから、皆一斉に武器を執《と》って、指定の場所へ集合してくれということになっていたのであった。で、私は脅かすような、緊張しきったその絶叫を耳にすると、素破《すわ》こそ一大事とみてとって、そのままがばと弾《は》ね起き、直ぐさま用意の軍刀を腰に釣って、大急ぎで町の角の方へ駆けつけていった。

その途中、向うから叫んでくる声の主に出会《でっく》わしたので、私はこっちから声をかけて、

「やあ、御苦労様。何か変事があるんですか？」と慌ただしく訊くと、その男はもう蝋燭の消えかかった提灯をこっちへ打翳《うちかざ》しながら、

「やあ、よく起きて下さいました。どうか大至急にあすこの坂の角のところへいらっしゃって下さい。今実は下の橋の方から急報がありまして、その、怪しいものが十人程拳銃《ピストル》と兇器をもって潜入して来たそうですから、我々も至急に警備に就かなけりゃなりませんから……」と、ぜいぜい息を切りながらいう。それは夜警に出るようになってから顔見知りになった大学生の一人であった。

　私はそれを聞くと、俄《にわ》かに胸が高鳴るのを覚えた。平常《ふだん》なら少くとも不気味な心持ちがして、幾分なりとも恐怖の念に襲われる筈であるのに、もう私は大地震以来、連日の不眠と極度の興奮とで精神が異常な変調を呈しているので、却《かえ》って残忍な、野獣のような狂暴性ばかりが無上に突き上げて来る。斬らば斬れ、殺さば殺せというような絶望的な無謀さも手伝って、全くのところ節制なぞというものは薬にしたくもなかった。で、私は逸《はや》りに逸る胸を抑えつける為《た》めに態《わざ》と大股にどっしどっしと歩いていったが、坂のうえへ出てみると、そこには提灯の火が二つ三つものものしく入乱れて、もう七八人の人数がその灯影《ほかげ》に黒々と犇《ひし》めき合っている。自体その近廻りは男の数の少ないところなので、広漠としたそこいらの大邸宅を護るには至極手不足で、そのうえ戒厳令は敷かれても、軍隊の配備が意の如くならないので、皆《みんな》はもう持て余していたのであった。四辺《あたり》には三万坪に余る空地に鎮守の森のような鬱蒼とした樹林はあるし、藪畳みはあるし、それに大きな池や崖が方々にあるので、事実二十人や二十五人の人数では到底完全な警備網を張ることは出来ないのであった。しかもこの二日の間に町内では不逞の徒が九人も捕っているので、全く

気が許せなかった。

私が顔を出すのをみると、夜警の団長格になっている某製麻会社の重役はさも待ち兼ねていたようにヘルメット帽へ手をかけて、

「やあ、どうも御苦労でした」といって、兎に角街路の坂路の方は自分達で固めるから、貴方はどうか空地の奥にある天幕《てんと》を護ってくれと迫《せ》き立てる。そこには避難して来た婦人達を二百名の余も収容してあるのであった。

私はそれを聞くと、何分にも急を要するので直様《すぐさま》また取って帰《ママ》して、単身樹林の奥へ入っていった。腰の辺《あたり》までも深々と生い繁った雑草の叢《むら》には雨でも降ったあとのようにじとじと露が下りて、その中ではこの恐怖の夜をも知らぬげに、夏虫があっちでもこっちでも澄みきった声で鳴きしきっている。小川のせせらぎもちょろちょろと足早に、更けまさる夜の静けさの中へ響いてゆく。

やっとのことで畑の中の天幕のところまで辿りつくと、そこでは皆も灯《あかり》を消して、恐怖そのもののようにしいんと鳴りを静めている。朧ろげな月の光を頼りに覗いてみると、中にいる多勢の女達は、ひと塊りに方々へ打群《うち》れて、咳声ひとつ立てるものもない。老人や小児《こども》達はそれでもありあう毛布《けっと》や着物を打被《うちかぶ》って横になっていたが、若い女達は絶えず不安に責められているのか、真暗な中に蹲《うずく》まって石のように押黙っている。彼等は蚊が刺しても、それさえ打ち得ないのであった。

私が差覗いたのに懼《おび》えてか、一番前列にいた一人の若いお嬢さんは思わず遁《に》げ腰になったが、夜警の者と知ると、ほッとしたようにおずおず顔を上げて、

「あの、何か恐いものが参ったんで御座いますか」とやや慄《ふるえ》を帯びた声音で訊く。

私は態《わざ》と落着いた様子で、

「え、今何んでも十人ばかり怪しいものが坂の下の方から潜入して来たそうですが、しかしもう皆で手配りをしましたから、お騒ぎにならんでもいいですよ」と、力《つと》めて微笑みながらいった。

そこに避難して来ている人達は多くは日本橋方面の住民で、中には大川の中へ一昼夜も漬っていて、やっと一命を全うした人や、火に追われて、親や良人《おっと》に別れ、人の見る眼も恥じずに気狂いのように泣き喚いている人や、背中に大火傷をしたまま乳呑児《ちのみご》を抱いて二里に余る危険地帯を死物狂いで突破して来たような人達ばかりなので、私はこのうえ彼等の神経を脅威するに忍びなかった。少くとも私一人でも身を犠牲にして彼等の極度の不安を一掃し、僅か半時でも一時間でも安眠することが出来るようにしてやるのが男としての私の義務だというような張切った気持になっていた。私はまるで昔の騎士《ナイト》のような子供じみた勇敢さを胸一杯に感じていた。

私はその足で天幕の周囲を一巡してみたが、別に何の異常も認めなかったのでやがて天幕の入口に置捨ててある小さな籐椅子の上へそっと腰を下ろした。そして腰にした軍刀をするりと抜き放って鼻の先へ近づけてみると、それは雲間の月光を映して、蒼みがかった何んともいえない凄壮《せいそう》な光をぎらりと暗闇《くらがり》の中へ閃めかせる。私は昔の武士が鞘走るといった心持ちが分るようで何んだか人が斬ってみたくさえなって来た。

東南の空にはまだ劫火の火先が炎々と燃え熾《さか》って、横雲は眼の達《とど》く限り不気味な紅《あか》さで天心まで物凄く焼け爛れている。雲と見たのは誤りで、それは三日の間、東京の市街を焼き払った毒煙が空に低迷して、まるで層雲のような形態になって見えているのであった。現在の火事場からは一里の余も隔っていながら建物の倒壊する轟響《どよみ》が直ぐ間近に聞えてくるようで、夜が更けているだけにその光景は一層凄愴を極めていた。それに今になっても時々ごうッと長い地鳴りがして、強い地震が大地を押崩すように揺って来るので、じッとしていると私迄が居耐《いたたま》れなくなってくる。私はまた起ち上って足に任せて畑の中を歩き廻りながら、何んという訳もなく白刃を矢鱈無上に振り廻わしてみた。

ふと聞くと、その時、天幕の裏の方で、何とも知れない怪しい物音ががさごそと聞えた。私の聴覚は猫のように鋭くなっているので、虫が草葉のうえを匍《は》う音さえ聞き遁《のが》さなかった。で、私はそれ来たッと思って、体中がかッと熱くなるような勇躍を覚えながら突如音のする方へ飛んでいってみた。

闇を透かしてみると、そこの小川の縁《へり》の草叢《くさむら》では、白い浴衣を着た人影が何をするのかもそりもそり蠢《うご》めいている。私は刀の柄をしっかりと汗が出るほど握り緊《し》めて、息をつめながら足音を偸《ぬす》みぬすみそっちへ近寄っていったが、よくみると、それは一人の老婆で、飯櫃《めしびつ》を傍《わき》へ置いて、音をたてないように頻りに草叢を掻き起こしているのであった。

向うでも白刃の閃めきが眼についたか、

「あッ」と、小声で息をひくように叫んで、顔を振り上げたが、瞳を据えてよくみると、それは小網町から遁げて来たとかいう避難者の一人で、身装《みなり》なぞも相当な七十近い隠居なのであった。彼女は昼間炊き出しの配給をやった時に、玄米の大握飯《おおむすび》を慾張ってひとりで九個《ここのつ》も取った女で、係員がそれを咎めると、私は老人でまた頂きに行くにしても足腰が自由でないからと臆面もなくいって退《の》けた女なのであった。あとで食べる段になるとぼろぼろした生煮えのような玄米のこととてさすがに持て余して、私は平常《ふだん》関取米の極上ばかり食べつけているからこんなものはとても口へは入らないと贅沢な不足をいって皆に白い歯を見せられていたが、その老婆はよくよく者とみえ、この食糧不足の際に、夜陰に乗じて貰ったその握飯を草叢へ穴を掘って埋《い》けているのであった。

私は余りのことに言葉も出なかった。避難者の中の若い母親達は恐怖と栄養不充分の為めに乳があがってしまって、抱いている乳児達は空腹のあまりもう断絶《ひっきり》なしにひいひい火のつくように泣きしきっている。そこへ不逞の徒の襲来騒ぎが降って湧いたので、何《ど》うかして泣く児を黙らせようと焦って、彼等はもう自分達までが泣きながら途方に暮れている今である。私達は見るに見兼ねて、自分達は徹宵《てっしょう》夜警に出る体でいながら、それでも僅か一人頭五勺か六勺の芋粥を啜るだけで我慢し、少しで余計に彼等に米の頒《わ》け前が行亘《ゆきわた》るように努めている今である。私はもう耐《たま》らなく腹が立って、激越してくる憤怒のあまりに有無もいわさずその老婆を刀の峯で殴ろうとした。

その時、向うの樹林の中で突如《だしぬけ》に物凄い銃声が六発ほど続けざまに夜陰を劈《つんざ》いて響き渡った。それと同時に、坂の下の方でもわあッと鬨《とき》の声が聞えて、四辺《あたり》は俄かに騒然とした殺気を帯びて来た。私はもうそれどころではなくなって、一斉にどよめき立つ天幕《てんと》の中の女達を制しながら、自分も白刃を提《ひっさ》げて銃声の聞えた真暗な樹林の方へ走っていった。樹林の底では怪しい者を追跡するのか、たった一つ提灯の火が人魂《ひとだま》のようにちろちろ動いていた。

同胞と非同胞――二つの罹災実話から

柳澤健

自分は数日まえ以下のような手紙をNさんという知合いの若い女性から受取った。Nさんは倫敦《ロンドン》に四年計《ばか》りいて昨年帰朝してからは引続き横浜に住《すま》って、そこのあるオフィスに通っていた人である。九月一日にはその横浜にいたことは勿論言うまでもない。この手紙は遠く関西から来た。――

「皆々様至極御平穏との御こと御喜び申上げます。私の死に損ないの話を御読み願います。

……一日の日は土曜日で、十二時前会社を出てある三階建の石造りの西洋館まで参りました時、地面が下からぐらぐら高く動き出し歩む事ができませんから、その西洋館の中《うち》へ入って仕舞いましたところ、入るや否やガラガラと壁がくずれて私はそこへ倒されてしまい起き上ろうとする中に二度目のが来てその家はめ茶め茶に潰されてしまいました。私の身体は一間程下に埋《うず》もれてしまいましたが、幸いにも小さな穴が私の顔のところにあって、灰色の空が見えておりました。何しろ身体に大したきずはございませんが、重い重い石がたくさんのっているので一分《いちぶ》も動かすことはできません。私は永い間助けを求めました。私より一間程距《へだた》ったところに埋《うず》まった人たちがかすかにうなりながら死んで行くのを感じました。私は怪我もせずにこのまま生埋《いきうめ》になるものかと覚悟を致しましたが、死に切れませんでした。通りには人の声が聴えるので助けを求めますが人たちも何処に埋まっているのか解らないので助けにきてくれません。丁度《ちょうど》私の手のそばに五寸ほどの棒が落ちておりましたので、手をやっと動かし棒を動かしているから助けに来て下さいと言いましたら二人の支那人が来て私の埋まった上を歩いて何処ですかと聞きますから棒を動かしておりますといってようやく見付かり、物を退《の》け始めました。その中一人は去ってしまいました。後の一人は自分一人ではても駄目だから呼んで来ると行きそうにするから、少しずつでもいいから助けて下さいと言いましたらようやく身体《からだ》半分だけ出して貰いました。後の半分は引抜いて出しました。

私が地上に再び出た時は何にも例《たと》えることができない、今までに感じたことがない、嬉しさでした。が腰が立ちませんでした。とその家のすぐ裏手の方は火事でしたので支那人に助けられながら、多くの血塗れになって死んでいる人たちを見ながら公園へと逃げました。

私があづまやに入ってやっと立っておりました時、すぐ傍に四人ベンチに腰掛けておりましたが、一寸ほどの厚さの鉄板が飛んで来て四人の上に落ちました時は、四人ともギューともスーとも言わず即死してしまいました。私共あずまやにおった人たちは風車《かざぐるま》のようにあずまやのまわりをぐるぐる廻ってしまいました。御存じでしょうが公園は水道鉄管が破裂したので歩むのに困りましたが火の子や火の風を浴びながらとにかく生きのびました。私達親子の再会したのは三日目でした。父母も川の中にて一夜を過したとのことでした。

会社の同室の人たちは皆死んでしまいました。やっぱり助かると言うのもまだ命がつきないのでございましょうが、何度考えましても助かったのが不思議に思います。と同時に親切な支那人の在所《ありか》を知りたいと思っております。

長い事乱筆御ゆるし願います。皆様より遠くはなれていつお目にかかれますか存じませんがお身御大切に遊ばされませ……」


率直な言葉で語られているこの危《あやう》い生死の物語りは、読む者の心に今更ながら人の運命の不可思議を、生死の謎を、考えさせらずには措かないものがある。しかし自分はいまそれを云為《うんい》しようとはしない。自分がここで云為しようとするのは、この手紙のなかで語られているある支那人の行為についてだ。あの擾乱と混雑の折に、よくも助けなき女性ひとりを救うに努めて、しかも己れの名も在所をも告げずに去ってしまったというその支那人の心についてだ。とかく世人から軽侮の目をもって見られがちな支那人、骨の髄までも利己主義者で寝ても覚めても己れの利益のことしか念頭にないというような風に見られがちな支那人、――それ計《ばか》りではない。震災のどさくさまぎれに所謂《いわゆる》自警団の狂猛な行為の標的になってその命をさえ失ったものが尠《すくな》くないという支那人、そうした支那人の示したこの愛の心と行為とについてだ。

この手紙をNさんから貰った前後のことだった。自分は同じ横浜の土地を訪ねて旧知のY氏の避難所を見舞ったのは。着る着物が充分にないので職人の着る絆纏《はんてん》を上に重ねていたY氏は、それからそれへと自己の周囲の人達の惨話悲話を自分に語って聴かせた。そのなかに、こうした話があった。――

「自分の懇意にしている某は、未だに精神がぼーっとして、平規には復していません、話をおききになれば無理もないとお思いでしょう。

某の住居《すまい》は地震とともに全潰してしまったのでした。しかし某は右の腕に負傷しただけで家の中から匍《は》い出すことが能《で》きました。また一人の幼児《おさなご》も同じく匍い出て来ました。ところが、ほかに妻と一人の子供とが潰れた家のなかから未《ま》だ出て来ないのです。某は大声でその名を呼びました。すると、なかから応える声がして、妻子とも下敷になったままうまい具合に怪我もせずにいることが判ったのです。しかし、それを助け出すには是非とも屋根瓦をめくって引き出さねばなりません。が前述の通り某は肝腎の右手に負傷をしているので到底左手だけでそうしたことを遣《や》れる筈はありません。それなのに、近所に起った火事は、見る見るうちに近附いて来ます。某は狂気のごとくなりました。ところが、恰度《ちょうど》隣家ではうまい具合に家も全倒には到らなかったので、火事を避けるため家中の荷物を外に運び出すにかかっていましたので、某は、その隣家の者にそこにいる者の生命《いのち》を助けるためにどうか瓦を剥ぐのを手伝ってくれるようにと頼みました。屋根瓦の下からは絶えず「早く瓦をとって助けて下さい」という妻の声が聴こえているのです。その夫の懇願を耳にしながら、その助けを呼ぶ妻の声を耳にしながら、隣人は実に返事すらもせずに自家の荷物の取運びに夢中になっているのです。

火はいよいよ近附いて来る。某は、片手で瓦を無茶苦茶にめくり初《はじ》めました（そのために某は左手は一枚も爪がなくなってしまったと言います）。やっと何枚かの瓦を取りのけ、その下の木羽《こっぱ》をむしったまではよいが、更にその木羽の下にはトタン板が張られていたことが判ったのです。それを知った時の某の心持は！

火の迫って来るなかに、某は幼児を抱いてそこで妻や子やと運命をともにして自ら焚死《やけじに》しようと心を決したと言います。しかし、側を走り行く人の口から「一人でも子供が助かっていれば、それで諦めろ！」という言葉をきいて、火から逃げようという決心がついたと言います。

「早く助けて下さい！」という瓦の下の妻の声に対して、「今すぐ助けて遣《や》るぞ！」と怒鳴りながら、そのまま幼児を背負ってそこから去ってしまったのです。……」

この悲惨なる実話を聴いた自分は、その罹災者に対して涙ぐましい同情というようなものよりもむしろ耐えがたい苦痛の戦慄を感じないわけには行かなかった。希臘《ギリシャ》悲劇が如何に人生の酷烈な悲劇を描き出したにしても、この某が数十分（若《も》しくは数分）の間に経験した苦悩・悲痛・絶望にも増すものがあろうとは信じられない。某が今もって精神朦朧の状態にあるということは固《もと》よりそのことである。

それにしても自分はかかる悲惨なる出来事を聴いたとき、単純に恐怖と悲哀とのために顔を蔽おうとする感情に駆られてばかりではなかった。自分はそれ等の恐怖や悲哀の感情にも増して、先《ま》ずその無情極まる隣人を憎むの情に堪えられぬものあるのを感じた。目前にその人間がいたならば擲《なぐ》りもしかねまじき激しき憤怒の感情が胸中に沸湧《ふつゆう》するのをとどめることができぬのを感じた。しかもこの感情は、Nさんは支那人に助けられたという事実の故に、倍加して自分の心を暗くし自分の心を激しく圧して来る。そうだ、一人は異邦人の支那人に助けられ、一人は同邦人の日本人に殺されたのだ！

自分は、この二つの実話を前提としてここで長き談議に耽《ふけ》ろうとするものではない。自分はただ以下のごとき感想を今更に新《あらた》にしたことをここに記して置けばそれでいい。――

　何が我々の真の祖国であるか、何人《なんびと》が我々の真の同胞であるか？　地図はこれを明かにしているし、また皮膚の色が口にする言葉がこれを示していると、人々は容易に答えるであろう。しかし、地図はつねに不変ではあり得ないし、皮膚の色と喋る言葉とはまたしかし確かに心から根ざしたものとも言い得ない。もっと確かなもっと永久なもっと心からなる祖国を、同胞を、我々は持つことが能《あた》わぬであろうか！　かの詩聖ゲエテが夢見た、「永遠の女性」のように、我々もまた「永遠の祖国」を「永遠の同胞」を持つことはただ夢見るほかには為《な》し遂げ得ぬことかも知れない。それを現実に持ち得ない者にとっては、せめて自分たちの心に親しい者たちを「同胞」と呼び、それに遠い者たちを「敵人」と呼ぶことだけは許されなければならない。こういう意味で自分はNさんの語った支那人をわが「同胞」と呼び、Y氏の語った日本人をわが「敵人」と呼ぶことは、許されなければならないと思われるのである。若《も》しこうしたことが「愛国心」にそむくというのならば――日本人なるが故に總《すべ》て我等の同胞であり、我等が何を措いても先ず好愛し庇護しなければならぬものであるとすることがかの「愛国心」でありとするならば、自分はかかる「愛国心」を実に弊履《へいり》のごとく捨てるのを意に介しなかったロマン・ロランの踏み行った途《みち》に、今更深く心を牽《ひ》かれずにはいられないのである。

　そうだ、数々の問題は、ここから漸次に伸育し展開して行く。……

朝鮮人のために弁ず

中西伊之助

一

今回の大震災については、一つとして人間の戦慄に値しなかったものはありませんでした。そしてまた、そこから多くのものを学ばされました。赤裸々な人間の断面が、血みどろになって、私達の眼前に展開されたのでした。私達はその一つ一つを語るさえ、限りない悲傷に感じさせられます。東京市に住んでいた一人としても、現在まで生きていることが、一個の奇蹟のようにも考えられます。

しかし、私は今ここにその痛ましい回顧をしようというのではありません。ここには私がどうしても現在の日本人、わけても日本の女性の方々に、深く将来に考えていただきたい一つの重要なものを挙げて、私の切な心持を表現したいのに過ぎないのであります。

今回の震災に伴って、最も著しく人心をおびやかしたものがあります。とりわけ、婦人子供に根強く恐怖や不安の念を懐《いだ》かせたものがあります。いかにも事実らしく、もっともらしく、所謂《いわゆる》流言蜚語が行われて、全都騒然として色を失ったとでもいうべき、一つの事件があります。そしてそれが、今も尚私達に不快な幻影をのこしているようにも感じられています。――それはすなわち、朝鮮人の不逞行動という流言蜚語でありました。それに対する日本人の強い憎悪と排撃でありました。こうした混乱時代に、正確な報道機関のない場合、かかる事柄も、或《あるい》は無理でないかも知れませんが、少しく朝鮮を研究し、朝鮮人を知識しているものならば、あまりにその真相の空虚なるに驚かずにはいられないのであります。

こういったからと申して、私は朝鮮民族を聖人の集団であるなどとは決して考えてはいません。彼等の中にも、所謂不逞の徒も少くはないことでありましょう。或はまた今回の混乱に乗じて、不正な行為を敢えてした悪漢もないとは限りません。しかし、これはひとり朝鮮人のみに限らないだろうと思います。日本人の中にも彼等に劣らぬ不義不倫の行動をして罹災民をいやが上に泣かしめています。ことに、公の職にいて罹災民の救恤品《きゅうじゅつひん》を横領するが如き、文字通りの不逞日本人も現われています。この点、朝鮮人ばかりに罪悪があるとは、何人《なんぴと》が断言することができましょう。朝鮮人と雖《いえど》も人間であります。

唯《ただ》、私は、朝鮮人に不正不義あれば、たとい市朝に腰斬《こしぎり》するもまた可なりではあるが、朝鮮人なるが故に不正不義を行うものであるという観念を懐くことを、決して正しいものではないと申すのであります。

この理論は、理論としては何人も否定はしません。しかし事実の前に直面することになると、この正しい理論は全く掩《おお》われてしまって、単純の感情のみが跳梁するのであります。今回のことは、明《あきら》かにこの事実を裏書きしていると私は考えるのです。

二

私は、所謂不逞鮮人と世間から貶称されている朝鮮青年をかなり多く知っています。そしてその人達の訪問を受けることもあります。私の近所に某省に勤めている官吏が住んでいます。その官吏の細君もよく私の宅へ話に来ますが、いつも可愛い子供を伴って来るのが例になっています。或る朝鮮青年はその子供が大好きでありました。それでついその細君とも近づきになりましたが、最初の中は、その青年が朝鮮人だときいて、細君は細い眉をひそめていましたけれど、よくつき合うに至って、細君は柔和な、親切なその青年を心から信ずるようになって来ました。そして細君は私達に、今迄自分が新聞などで読んで、一種の嫌悪を感じていた朝鮮人が、実際はあんなに立派な人柄の人もいたのかといって、驚きの眼を瞠《みは》ったのでありました。今回の事変の際にも、細君は朝鮮人の同情者でした。そしてその知り合いの青年の身の上を非常に心配していました。細君は、今迄、彼女の心に描いていた黒い恐怖の幻影を霧散させて、朝鮮民族の一員としての、正しく明るい朝鮮人を知解してしまったのです。細君は、それではどういうわけで、そんなに黒い幻影にとりつかれていたのでしょう？　これは、その細君ばかりではなくて、日本人の朝鮮問題を解く唯一の鍵になります。私達はそれを考えてみましょう。

朝鮮及び朝鮮人の、我国に対する歴史的地理的交渉は、一朝一夕のことではありません。そしてその交渉は、異民族として世界上に最も密接の間柄であることは、今更縷説《るせつ》するの要を見ないくらいであります。殊《こと》に古代東洋文化史上から見るならば、朝鮮はむしろ日本の先進国であるといっても、決して過言ではないのであります。かの四千年の歴史は、雄弁にこれを証明しているのです。

近代に至りまして、漸《ようや》くこうした古代歴史の因襲的概念を崩壊させて、日本人の頭脳に最も明かに印象させられた朝鮮及び朝鮮人の相は、明治初年の征韓論でありました。次に、明治二十七八年、及び三十七八年の戦役でありました。この歴史的事実に綜識せられた、日本人より見たる朝鮮は、日本人の頭脳から、全く古来の光輝ある朝鮮の歴史を抹殺してしまったのであります。そして、朝鮮民族を飽くまで弱小な、しかも無智蒙昧の劣等民族と見做《みな》すようになったのであります。日本人が朝鮮人に対する知識、感情の錯誤は、この近代的歴史の事実が生み出した不幸であるといっても、決して誤らないのであります。そしてこの不幸が、今尚深く日本人の潜在意識となっているのであります。

朝鮮が日本に併合されたのは明治四十三年であります。そしてこの時より、叙上《じょじょう》の不幸はますます日本人の上に大きい禍《わざわい》となって現われて来ました。所謂不逞鮮人の貶称の如きも、一つにこの事柄の以後に喧伝されたものであります。そして日本人と朝鮮人の感情の溝は、刻々に深くなって行くのをどうすることもできなかったのです。

三

試みに、朝鮮及び日本に於て発行せられている日刊新聞の、朝鮮人に関する記事をごらんなさい。そこにはどんなことが報道せられていますか、私は寡聞にして、未だ朝鮮国土の秀麗、芸術の善美、民情の優雅を紹介報道した記事を見たことは、殆んどないといっていいのであります。そして爆弾、短銃、襲撃、殺傷、――あらゆる戦慄すべき文字を羅列して、所謂不逞鮮人――近頃は不平鮮人という名称にとりかえられた新聞もあります――の不逞行動を報道しています。それも、新聞記者の事あれかしの誇張的な筆法をもって。

若《も》し、未だ古来の朝鮮について、または現在の朝鮮及び朝鮮人の智識と理解のない人々や、殊に感情の繊細な婦人などがこの日常の記事を読んだならば、朝鮮とは山賊の住む国であって、朝鮮人とは、猛虎のたぐいの如く考えられるだろうと思われます。朝鮮人は、何等の考慮のないジアナリズムの犠牲となって、日本人の日常の意識の中に、黒き恐怖の幻影となって刻みつけられているのであります。前に、私が例を挙げた官吏の細君の如きは、その実証であります。私は敢て問う、今回の鮮人暴動の流言蜚語は、この日本人の潜在意識の自然の爆発ではなかったか？　この黒き幻影に対する理由なき恐怖ではなかったか？

四

朝鮮及び朝鮮人に対する、日本人の近代的知識は、私から見れば、絶無といってもいいのでありまして、それに対する知識の普及が全く欠如しているといっても差支《さしつかえ》はありません。

日本の政治家、学者、教育家は、鮮人の同化を唱道しています。彼等を日本の伝統と文化に順応させようとしています。しかし、それと共に、彼等の伝統と文化を知ろうとは決してしないのであります。同化を欲する日本人は自己の希望に急でありまして、彼を知るの余裕を全く失っているのであります。同化の当否はとにかく、苟《いやし》くも朝鮮問題に容喙《ようかい》するものが、朝鮮及朝鮮民族に関する理解と知識を、日本民族に求めなくて、何事ができるのでしょうか。

試みに、これらに関する従来の状態を見ますと、民間に於てほんの一二の著作のみがあるばかりで、殆んど何《な》んの企てもしていないのであります。学校の教科書の如きも旧態依然、その著者さえ朝鮮に関する何等の知識ももってはいません。ただ人情風俗の点で、巷間に彼の国の妓生《ぎせい》が、歌舞場で公衆にその歌舞を見せたに過ぎないのです。そしてその結果、妓生が朝鮮婦人の代表者の如く考えている日本人の多いのは、何んという皮肉でしょう。こうして、日本人の頭脳に反映している朝鮮人は新聞紙の三面の「不逞鮮人」であり、大正博覧会で歌舞をした妓生であったのであります。私は文化政治、日鮮融和を十年一日の如く宣伝していられる朝鮮総督府の諸先生方に、這般《しゃはん》の消息について、御感想をきいてみたいものだと思っています。

五

朝鮮は、四千年の歴史を有する、東洋の君子国であります。儒教の感化は、三歳の童子にも及んでいます。経書を講ずる咿唔《いご》の声は、春夏秋冬津々浦々までも聴くことができます。儒生は、長髪衣冠して、篤《あつ》く後進の育英に努めています。

朝鮮民族は、平和の民であります。彼は決して侵略の民族ではありません。彼の歴史は、明かにそれを証明しています。彼にもし幾頁かの戦《たたかい》の歴史がありとしたならば、それは侵略者に対する防衛のための戦であありました。彼は、ファザアランドを衛《まも》らんとして、正義のための剣を按じて起《た》ったのであります。平和は、常に鴨緑江以南の半島をめぐんでいたのです。

朝鮮は、芸術の国であります。東洋の形象美術は、むしろここにその発祥を為《な》したものであると申しても、決して過言ではありません。否、世界史上に於ける、美術の先進国であると申しても、差支ないのでありますます。私は、あの楽浪時代の建築美術が、その同時代に、世界のどこにあれくらいの発達を遂げていたかをきいてみたいのであります。

朝鮮は形勝の国土であります。その雄大な山水は、これを日本と比べて、決して劣らないのみか、むしを遥かに優超《ゆうちょう》していることを、私は常に感じています。ひとり金剛山の奇勝とは申しません。大同江、牡丹台、鴨緑江の壮麗とは申しません。あの半島の随所に絶佳の勝地は、恰《あたか》も茅屋《ぼうおく》にかくれた少女の如く、草廬《そうろ》に安ずる英雄の如く、私達の眼《まなこ》を驚かせます。

朝鮮人は、親しみ易く、相愛し易い民族であります。そしてものなつかしい心情の持主であります。わけても婦人や子供の可憐な民族であります。日本人の考えているような狂暴の民族性はどこにも見ることができないのであります。

私は、これ以上に、朝鮮人に対する私の感想を述べることをやめます。一度、彼等の国に住《す》まい、彼等に交るものは、何人もうなずかれる事柄であります。それは、到底断片的な記述では、十分につくすことができないからであります。

日本人で、多少朝鮮人を知っている人達は、彼等について、いろいろな民族の欠点を挙げています。しかしもし世界のあらゆる民族の、それがもっている欠点をあげるならば、恐らく厖大な著作をなすことができましょう。そして朝鮮民族にも、何人が欠点なしと断言することができましょう。

六

私は日本人に対して、決して多くを望みません。愛すべき同胞として信ずべき朋友民族として、あの美しい半島の人々を、親切な心持をもって理解してもらいたいのです。欠点はお互い救い合うことにして、長所と美点と、光明の方面に眼を瞠《みひら》いてもらいたいのです。

日本人の兄姉よ、どうか卿等《けいら》のその脳底から、黒き幻影としての朝鮮人をとり去って下さい。そして、明るい、愛すべき民族としての朝鮮人をながめて下さい。日鮮問題は、そこから雪のように解けて行きます。

甘粕は複数か？

廣津和郎

「甘粕という男」というような題で、私に感想を書けという注文である。評論ならば尚結構だという事である。

私はしかし、甘粕〔正彦〕という人物がどんな人物であるかよくは知らない。無論注文の意味も甘粕という大尉の人物論ではなく、今度の所謂《いわゆる》大杉栄外《ほか》二名の虐殺事件を惹起した当の犯人としての同大尉について論じろという意味なのだろうと思うが、しかし今までの軍法会議の模様では、未だ事件の詳細な形及び動機が頭にはっきりと来ない。

大杉栄及び伊藤野枝の二氏を殺したのは、確《たし》かに甘粕大尉の自白する如く、彼自身に違いなかろうし、また大杉氏の甥を殺したのは彼のいう通り、彼の部下に違いなかろう。しかしそういう事は全体の意味からいって、どっちでも構わない。とにかく今度の大災後の戒厳令下に、一人の思想家とその妻とその甥とが何の弁解もゆるされず、日本軍隊に身を置く一人或は数人の手に依って惨酷《ざんこく》無比な虐殺を敢てされたという事実だけがはっきりしていれば、誰が下手人であったかどうかという事は、それ程問題ではない。何しろこの憎むべき恐ろしい犯罪が、軍隊の手によってなされた事は、いくら隠そうとしても隠し切れない明白な事実なのである。

あの裁判は、そういう意味に於いて、私にかなりの興味あるものである。「何から何まで自分一人の手に依ってやったのだ」といって、部下の罪を自分一人に引受けようとしたり、また弁護士の訓戒によって、小児の虐殺が自分の手によって行われたものでないという事を自白した時に、人間らしい涙を流したり、それから子供が自分に馴染んでいるので、どうしても自分で手は下されなかったという辺り、思想が単純で物が解らないのでああいう犯罪を敢てしたものの、一個の人間としては、或は案外善良なところのある人間なのかも知れないと思う。時代を見る明がなく、思想というものについての常識がなく、従ってああいう事をしてしまったものの、所謂単純な軍人精神の所有者としては、或は模範的な人間だったのかも知れない。

けれども、甘粕大尉の行った事が、どんなに誤まった無謀な驚くべき、また憎むべき犯罪であるかという事は、弁解の余地もない。実際今の時代に、この日本に、我々の眼前でこういう虐殺が行われようとは、とても信じられない程の時代錯誤である。恐ろしい時代錯誤である。——所謂「世を毒する者」と彼等の眼に映じたからといって、彼等の眼を試験する暇《いとま》も与えられなければ、また彼等に向って何等かの弁明をする暇も与えられずに、いきなりふん掴まえられて、引っぱって行かれて、そして「柔道」の手か何かでぐっと一絞めに首を絞められてしまうなんていう事は、どうして今の時代にあり得たのかと思われる程の無法である。

しかし事実は既に明白で、そういうあり得べからざる事があり得たのである。そのあり得べからざる事を行った犯人が甘粕大尉その人であるという事も、今や明瞭な事実である。だが、私がここでいいたいのは、甘粕大尉は果して単数か、或は複数かという事である。

公判廷で述べている甘粕大尉の言葉に、この大罪は彼自身の発意で決し、彼自身の手によって行われたとあるから、恐らくそれは徹頭徹尾彼自身の思想から出、彼自身の意思によって行われたものに違いない。それを疑う証拠を、今のところ我々は持合わさない。公判の進むにつれて、どういうようにあの事件の真相が我々の眼前に展開されて来るかも知れないが、しかし恐らくその点——徹頭徹尾甘粕大尉の考《かんがえ》から出ているという点は、ほんとうであろうと思う。

けれどもなお、私は甘粕大尉は果して単数か複数かという疑《うたがい》を繰返さずにいられない。そういう意味は、甘粕大尉の犯行の底に流れる思想と、軍隊の底を流れる思想とには、同じ共通のものがありはしないかというのである。つまり常識として、甘粕大尉のああいう犯罪を助長させたところのものが、軍隊の中を流れていはしないかというのである。

あの甘粕大尉の公判廷で述べている言葉から見ると、この単純な軍人には、ボルシェビキとアナアキズムとの区別もよくは解っていないらしい。——これは或《ある》青年将校の言葉から私が直接に聞いたのだが、彼等は「無政府主義」という言葉のほんとうの意味も知らずに、唯「無政府」という言葉そのもので直《す》ぐ嚇《か》っとしてしまうらしい。こんな程度の頭で、人生に関する事をどしどしやられてはやり切れない。

しかしこんな事をいくらいっても、未だ今まで解っただけの真相では、これ以上の事は何ともいいようがない。——若《も》し私のいうような意味で、彼が複数だとしたならば、何となく彼を憐《あわれ》む情も浮んで来る。

気の毒のような気もして来る。尤《もっと》も被害者の気の毒さから考えれば比較にならないが。

私はミニタリズムというものについて、頗《すこぶ》る快感を抱いていない。しかし今度の大災で、国内を治する上に、今日《こんにち》のような人間の進歩程度では、軍隊が必要なものであるという事を十分に認めた。今度の大災で最も乱雑混乱を極めたのは、恐らく横浜市だろう。私はあの大地震の晩、東京から鎌倉まで歩いて行ったので、横浜の混乱を見たが、何故《なぜ》あの大都会の近隣に、一聯隊の軍隊も置かれてなかったかを怪しんだものだ。あの五十万の人口のある大都会の近傍、例えば保土ヶ谷近くの山の手辺りにもし兵営があって、そこから直ぐに軍隊が繰り出す事が出来たなら、横浜に起ったいろいろの忌わしい噂も立たずに済んだかも知れない。——それから工兵隊の活動には実際に感謝の外《ほか》はなかった。直す側から崩れるトンネルを倦《う》まずに直し直ししている工兵隊の働き振りは、箱根を越えた時に、私に感謝の情を起こさせたものだった。焼けて真暗な横浜の大通《おおどおり》に、一線に電灯を引いてくれた工兵隊の力も全滅後の横浜に一夜を明かした時、私の感謝したものだった。それから通信機関の絶滅した鎌倉にいて、食糧輸送の関西からの報告を、ビラにして飛行機の上から撒布してくれた陸軍の働きにも、心からの喜びをした。その他今度の大災に当って、陸軍（及び海軍）の働きは、実に見事であったといっていい。

この軍隊に対する好感の残っている際、今度の甘粕事件は全く軍隊そのもののために惜しいといわなければならない。民衆にとってあれ程親しみのあるものとなっていた軍隊が、今度の事件で、またへんに冷たく恐ろしいものに見えて来た。——甘粕大尉が単数だったならば、未だしも日本は幸福だ。だが、若し不幸にして、それが複数だったならば、こういう機会にどこまでも軍隊の偏見を責め、それを改心させるのは社会の義務でなければならない。

自分は法律の事はよく知らない。けれどもあの頑是ない小児虐殺の問題については、軍法会議以外の法廷で裁判をさせたい気がする。――あの小児の母親が、小児のあの思いがけない不幸をなげき悲しんでいる談話を新聞で読んで、私は涙が出た。

大杉氏夫妻とは私は親密に交際した事はないが、それだから大杉氏がどういう人だったか、伊藤野枝氏がどういう人だったか、細かには知らないが、会えば談笑する間柄だった。同じ鎌倉に住んでいた事もあるし、鵠沼の東家《ママ》などで会った事もあるし、彼等が逗子にいた時分、その寓居を一度たずねた事もあった。――今度の出来事を知った時にはショックを感じた。ほんとうに気の毒な事をしたものだと思う。

フランスから大杉氏が帰って来た時、その歓迎会が銀座あたりで開かれたらしく、案内状など受取ったが、私は行かなかった。こんな事になるのだったら、その時に会って置けば好《よ》かったという気がする。

（十二、十、二十日）

鮮人事件、大杉事件の露国に於ける輿論

山内封介

日本に於ける主義者圧迫に関する情報は、九月中旬頃からモスクワの新聞紙上に現われ始めた。最初は日本の主義者が朝鮮人と共謀し、震火災の混乱に乗じて日本を革命せんとするものの如くに報ぜられ、到るところで軍隊と鮮人との衝突が起り、既に地方の小都市の或《ある》ものは鮮人の占領するところとなったとも伝えられた。

その後程《ほど》なく堺利彦氏が大阪に於て殺害されたという報道が新聞に現われた。日本は無政府主義者、共産主義者、社会主義者等と朝鮮人とのために全国的に大混乱に陥っているかの如くに想像された。

大杉栄氏殺害の報は十月三四日頃にモスクワの新聞紙を賑わした。しかも大杉一人ではなく、野枝と子供迄も殺されたと伝えられたので（子供というのは大杉氏の実子と思われた）日本は如何にも一大混乱に陥り、軍隊と警官とが狂暴の限りを尽しているかのようにロシア人には思われたのも無理はない。

片山潜氏の批評

恰度《ちょうど》その頃私は第三インタナショナルの寄宿舎リュックス旅館に片山潜氏を訪問した。日本の新聞などで伝えられる片山氏は、如何にも若々しく、生気溌溂たる革命家のようであるが、実際に会って見ると、もう六十に近い好々爺である。でぶでぶと太った黒縁の眼鏡をかけ、薄くなった頭髪を綺麗に後方へ撫でつけている恰好など、一寸《ちょっと》高利貸の老爺のような感じがする。

片山氏も堺氏と大杉氏一家が殺害されたことに就いて、「あんな場合に日本にいる主義者等が朝鮮人と共に実行運動を起そうとは想像されない。朝鮮人と主義者との間には何の関係もあるまい。また朝鮮人にしても如何に日本が震災に依り混乱に陥ったからといって、日本の地方都市を占領する程の勢力を有《も》ち得る筈がない。朝鮮人と主義者との行動に関するロシヤ側の情報は、余程誇張されているものと見てよかろう。殊に大杉氏が妻子と共に殺害されたなどは、宛然《さながら》日本の封建時代に見られたような事件で、今日戸主の犯罪が一家全体に及ぶとは、如何に日本だからといって考えられないことである。で大杉一家殺害の情報は、何かの誤解であろうと思うが、若し不幸にして事実であったとしたら、それは確かに軍閥の私怨に因《よ》るものであろう、大杉氏が先頃フランスへ遁《のが》れたことなどから思い合せると、大杉一家殺害は、どうしても軍閥の私怨に基因するものとしか思われない」と極めて穏かな口調で語った。

露字紙の痛烈なる批評

片山氏が極めて穏かに大杉一家殺害事件に関する批評を試みたに反し、露字紙は痛烈に反響した。

「日本はまだ相変らず暴力を以て思想を圧迫せんとしている。暴力を以て思想を圧迫することは、思想をして反抗的実行に変らしむるものである。この事はロシヤの悲惨な長い歴史が明かに示している。殊に今回の日本に於ける社会主義者圧迫は、軍隊に依って行われた。思想の圧迫もここ迄来ると最早その極に達したものと見ねばならぬ。自由と幸福とを求めたロシヤの人民は、屢《しばしば》軍隊の銃剣に依り圧迫せられたが、その代りこの惨劇により軍隊を真の自覚に向わしめた。日本の軍隊も人民を圧迫することに依り早晩人間としての自覚に到達するであろう。

加之《しかのみならず》、日本の陸軍は、今日の震災に依り従来の積極的な対外侵略政策を放棄せねばならぬようになった。而《しこう》して社会主義者殺戮もまた、日本の軍国主義凋落に際しての掉尾の勇であったと見ることが出来る。日本に於ける社会主義的革命運動は、今回の画時代的な事件を境に愈々《いよいよ》猛烈な実行に向って驀進することであろう」

大体こんな見解からソウェート政府は、日本の労働者罹災民を救援することの最も時機に適した方法であることを認めた。人道的見地から外国罹災民を救援するということは、極めて立派に聞えるが、その実この救護は矢張り《やっぱ》一種の宣伝の一方法である。外国の罹災民を救済するより、国内の労働者及び農民中に多数の餓民があることに注意を向ける方が順序であろうと思われるに拘らず、ソウェート政府が日本の震災を利用し、日本の罹災労働者を救済することを声明したのは、明かに世界の労働者の同情を集める為であったことが分る。

『種蒔く人　帝都震災号外』より

購読者に与う

九月は万国の無産青年の月である。

僕達はこの月を記念するために青年部の手に依って記念号を発行する計画であった。印刷も再校もすんで編輯者がその校正刷をもって印刷所に向った大正十二年九月一日の午前十一時五十八分、帝都を灰燼にした大地震に襲われたのだ。

資本主義社会では自然さえ全く公平とは言えない。貧しき者の多く住んでいる、地の不利な本所、深川の両区は一番凄惨な災害に遭ったのである。

人は死んだ。家は焼かれた。帝都は全く滅亡したと言っていい。一切の機能は失われてしまった。従って残念ながら種蒔く人も普通号を出すことが当分の間出来なくなってしまった。

しかし、僕達の兄弟よ、諸君はただ一つ安心していいことがある。それは如何なる自然の暴力でも、僕達の思想を何《ど》うすることの出来なかったことである。僕達の思想と行動は一切の喜憂を越えて民衆と共に進むばかりである。

僕達は帝都の新設に努力すると同時に、僕達の仕事をつづけて行くつもりである。時々号外を出しそしてやがては普通号に帰って活動するつもりである。何うぞ少しの間我慢してほしい。

休刊に就《つい》て

種蒔く人の立場

一九二三年の九月一日――。

大地は怒った。ブルジョアの廃頽的な美と、享楽の飽満と、征服の乱舞に疲労した都会――。それ等の一切を一瞬にして崩壊せしめんとして大地は怒った。天も狂うた。人も狂うた。なにものをも焼き払うた猛火のすさまじさ。

僕達は今、異常な昂奮と、氷の如き冷静とを二つながらかたく握りしめて、あの猛火を想起する。あの大地の怒りを想起する。死生の巷に、狂いる人の心を想起する。僕達の、芸術的戦闘までも、刹那にふみにじられて了《しま》ったことを想起する。幾万となく無惨なる死骸の山を積める、それ等の人々の生命、及び、過去の生活までも想起する。それ等の多数がプロレタリヤであったとしたら、僕達はどんなに涙を手向けても足りない気がする。

一切は焼き払われた。しかし、僕達の魂は光っている。僕達は何を成すべきか？　それは最初から最後まで何の変りもない筈だ。

僕達の精神に、こればっかしも動揺はない。失望はない。来るべき生活の光明は、僕達の前に燦然する。

×

僕達と精神を同じうするものは、あの場合決して軽挙盲動はしなかった筈だ。それを、反動派の宣伝に、或は利用されて誤り伝えられた事実があったとしても、一部震害地の群集心理を、幾らか盲目にしたに止《とど》まって、一般全国の大衆は案外冷静であったことを知る。それは一つの喜びである。また悲しみである。

×

震害地に於ける朝鮮人の問題は、流言蜚語として政府側から取消しが出たけれども、当時の青年団その他の、朝鮮人に対する行為は、厳として存在した事実である。悲しむべき事実である。呪詛すべき事実である。憎悪すべき事実である。拭うても拭うても、消すことの出来ない事実である。

震災と共に起った、こうした事実を眼のあたりに見せつけられた僕達は、出来るだけ冷静に、批判、考究、思索の上、僕達の立場からして敵味方を明確に凝視する必要を感ずる。

果してあの、朝鮮人の生命に及ぼした大きな事実は、流言蜚語そのものが孕んだに過ぎないのだろうか？流言蜚語そのものの発頭人は誰であったのか？　如何なる原因で、その流言蜚語が一切を結果したか？中央の大新聞は、青年団の功をのみを挙げて、その過を何故に責めないか？　何故沈黙を守ろうとするか？

事実そのものは偉大なる雄弁である。この偉大なる雄弁に僕達プロレタリヤは、あくまでも耳を傾けなければいけない。そして僕達は、この口を縫われても猶かつ、抗議すべき目標を大衆と共にあきらかに見きわめなければいけない。

×

僕達は世界主義精神を持って立つ、プロレタリヤ芸術家である。思想家である。行動と批判は種蒔く人の生命である。この際、僕達と立場を同じくする思想家、芸術家は、その思想的芸術的立場から、一切を明らかに見きわめることを要求する。

沈黙は死である。

×

僕達は今まで、思想の高楼より、現実への飛躍下降を叫んで来た。僕達は実際問題として都市計画に対しても、階級的計画より、平等的計画を要求する。今日、焼死した大部分は、無産階級でないと誰が言い得るか。本所深川に於ける惨害、浅草吉原に於ける惨害を観る時、無産階級は、あらゆる意味からして、損失をより多く受けていることをすぐにうなずかれるであろう。

都市計画は断じて階級的であってはならない。

平等的でなければならない。

×

実際問題として、震災当時を回想しながら今一つ忘れることの出来ないことがある。非常徴発令はどの程度に於て実行されたか、後藤内相が要求した、富豪の邸宅解放がどの程度に於て実行されたか？　ということである。

×

僕達、プロレタリヤ思想家、及び芸術家の大部分は幸にして死傷をまぬがれたとは言い、その住所を失い、その生活の資を失い、路頭に迷わねばならないものが少くない。けれども、僕達より、より以上の惨害をうけたプロレタリヤの生活を考える。そしてそれ等の人のために僕達の力は微弱であろうとも救済を考えずにいられない。読者諸君はその地方地方に於ける救済運動に是非参加するか、またはすすんで救済運動を起してほしい。

×

最後に今一度言おう。
種蒔く人は一時、涙を呑んで休刊の止むなきに至ったけれども、種蒔く人の精神は、ますます鮮明に存在するということを。

——九、一七日——

一年後の東京

夢野久作

品川から高架線に移ると、大東京の思い出の夜の街あかりが、青黒い空の下に浮き上って来る。空の星の数にかわりはあるまいが、あかりの数は昔の数の半分位しか見えない。

初秋の風が冷え冷えと窓から這入る。

ところどころ黒い四角い大きな影法師が突立《つっ》って居る。一年前に赤い焔を冲天《ちゅうてん》に吹き上げた大建築の死骸である。……帝国ホテル……帝劇……内外ビル……銀座ビル……星製薬……曰《いわ》く何……曰く何……眼を澄まして見ると、街の灯の見える限り、ところどころに黒いものが影の様に立ったり座ったりして居る。

東京駅の入り口は自動車が昔にかわらず夥《おびただ》しく並んで居て、ブーブーブーブー八釜《やかま》しい八釜しい。「しかし何となく底力の無い様な」といったら、迎えに来た友人が笑って「丸ビルや何かがあかりを消して居るせいだろう」といった。その自動車の一つに乗って神田橋に出る。仮橋である。去年ここで瓦斯《ガス》管を渡り乍《なが》ら、足の下にブクブクの死骸を二つ見つけた事を思い出した。

美土代町から神保町、水道橋の通りへ出る。

店のあかりは福岡の三倍もまぶしいが、人通りは福岡よりも尠《すくな》く、パラリパラリとして居る。おまけに男も女もアッサリした姿で、福岡の様なデコデコのハイカラは一人も目《め》っからない。「馬鹿に淋しいじゃないか」と友人にいうと、「今日は店を早く閉めたんだ。去年の今夜を思い出させるんだそうだ」と冷《ひや》やかに笑った。

夜通しあかりをつけて、アーク灯を真白にともして、機関銃を引っきり無しに撃って居た砲兵工廠は、只《ただ》真黒い闇の一列になって、気をつけないと、いつ通り過ぎたかわからない。河岸の柳ばかりが、電灯の光りに青々としだれて居る。

神楽坂は震災以来相変らずの人出である。その中に浴衣がけの狭い帯をした芸者が二三人、団扇《うちわ》を片手にブラリブラリとして居た。思い出させられようが少々きびしい様な……。

——一日——

東京で復興し過ぎたものが、取りあえず三つある。飲食店、醜業婦、自動車である。そのうち自動車に就いて、某自動車会社の支配人みた様な男はこんな話をした。

東京の自動車ですか。何でも地震前の二倍にはなって居ましょうよ。貨物自動車なんぞは無暗《むやみ》に殖えたのですから、とても二倍や三倍じゃ利《き》きますまいよ。一寸《ちょっと》した広い通りで、自動車屋の無い町は無いといっていい位です。ガソリンも充分で、メートル売りも到るところにあります。修繕の道具や材料も充分で、おまけに運転手が供給過剰と来て居るのです。自動車屋はなかなか骨が折れて来ました。

震災当時、市役所では自動車の運転手を一日五十円で雇うという宣伝ビラを出しましたが、そんな事は昔の夢で、この頃東京府では運転手の試験を六ケ《むずか》しくするそうです。矢張り供給過剰の結果でしょう。

面白いのは自動車が殖えた原因です。私共が商売柄睨《にら》んだところに依ると、乗合いや貨物が殖えたのは、所謂《いわゆる》世界の大勢って奴だろうし、個人持ちは、その大勢の外にも一つは、「家を持って居るよりも、自動車を持って居る方がいい」という、地震以来の珍傾向ですね。いいえ、笑い事じゃありません。買いに来るお客がみんなそういうのです。

地震後はスッカリ新しい自動車ばかしになりました。どの自動車もピカピカでいい気持ちです。一番流行して居る箱はパッカード型で、一番近代的でイヤ味が無いからでしょう。器械は米国のものを七分通り使って居ますが、最近では仏蘭西《フランス》ものも流行して居ます。それが全部小型なのです。箱の方は殆《ほとん》ど全部が米国製で、排日の影響なぞはちっともありません。

ガソリンは和製ので素敵なのが出来ます。舶来のに決して負けません。その代り、舶来の最極上よりも二円位高いのです。しかもそれ丈《だ》けの事はあるのですから、ここんところ和製大勝利でしょう。舶来ものでは米国の赤貝やソコニーなんぞが使われて居ますが、和製の青コーモリには何といっても敵《かな》いません。飛行機なぞはみなこれを使って居ます。

情ないのは和製の自動車です。鉄の弾力を持たせる方法が、第一、遠く及ばないどころじゃ無い、てんでわからない上に、外国みたい大仕掛けでやる資本家が居ない。

日本第一の工作所の設備で一生懸命にやっても、一台作るのに一年位かかるだろうという話ですが、それじゃ全くお話になりません。米国では何分間に何台というのですから、競争どころかお笑い草です。

（八日発）

解説　「遅れ」のナショナリズム

悪麗之介

1

本書は、二〇一一年三月十一日午後に発生した、東北地方太平洋沖を震源とするマグニチュード九・〇の大地震、高さ三〇メートル超を記録した大津波、そして沿岸に林立する福島第一原子力発電所での全交流電源喪失、水素爆発、炉心溶融といった複合的な大災害に触発され、企画されたものだ。

福島第一原発の事故については、この八月一日現在もなお、政府の予断とはまったく裏腹に、収束の見通しが立っていない。動画サイトで現地の定点観測映像をみていると、ときおり白煙が立ちのぼっていることもあるが、その煙が、なぜ、なんのために発生しているのか、といった情報すら与えられないまま、われわれは「安全」という名の欺瞞的な日常を生かされているのである。

このかんしばしば、「この日を境に日本は変わってしまった」という発言をみかけたが、しかし、いったいなにが変わったのだろうか。大災直後から発生した「がんばろうニッポン」の大合唱。しずかに蔓延した「自粛」ムード。飲食物や日用品の目にあまる買い占め。昭和天皇歿直後の、あのうすら寒く居心地の悪い一時期を想起したひともすくなくないはずだ。電力資本と自民党政権、そしてマスコミによる「原発犯罪」を、なぜ総動員体制で糊塗しなければならないのか。多くの人間が亡くなったという事実のまえだと、なぜ右に倣えのことしか語ることができないのか。そんなことすら質《ただ》せない時間が経過したのである。

こうした現象によってだけでも、かえって今回の災害が本質的に「想定外」の「事故」などではなく、「権力犯罪」であることを証明してしまっているように思えてならなかった。たとえば昭和天皇の死は、喜味こいしや和田勉のような長命の芸能人の死とさえひとしなみではありえず、あくまで政治的な死であったからこそ「自粛」が暗黙の強制となったように、今回の東北・関東大震災をめぐる複合災害も、単なる「事故」や「災害」なのではなく政治的事件なのであり、「権力犯罪」であるからこそ、われわれニッポンに居住する人間はニッポン人として「がんば」らねばならず、「自粛」しなければならなかったのだ。それこそ寺田寅彦がいみじくも語っているように、「「愛国」の精神の具体的な発現方法」（「津波と人間」）にほかならない。つまり、この二十数年を経て——どころか寺田寅彦の一九三三年以来、この国はちっとも変わってはいないし、変わっていないのでなければいっそう劣化したのである。劣化したのでなければ、満洲事変直後の「非常時ニッポン」にレイドバックしたのだ。二〇一一年三月十一日からこのかた、そういう確信ばかりを深めたのである。

しかし、この半年あまりのことを振り返ると、なにかが変わったとはいえないまでも、これまで潜在的に予感されていたことが一挙にあらわになった、とはいえるのではないか。その予感を予感としてしか認識できなかったところに、明確に原発反対を主張することもなく電力文化を享受してきた自分自身もまたこの原発犯罪の共犯者なのではないか、という居心地の悪さ、気持ちの悪さを感じずにはいられない。その感覚の遠因は、しかし、単にいま現在の、一過性の「事故」に求められるものではないのではないか。というのも今回の震災によって、これまで曖昧にされ隠蔽されてきた数々の事実が、われわれの目にもみえるように浮上し、鮮明になったのは、たとえばマグニチュード九・〇のような巨大地震は現実に起こりうるのだ——とか、高さ三〇メートルの大津波というのは、なにも百数十年前の歴史的事実としてだけではないのだ——とか、原発が安全だなんて虚妄に過ぎないことが証明されたではないか——といった個別のケースを指していうのではないからだ。つまり、災害を災害として把握してゆく人間の認識力のことであり、その後につづく人間存在のことなのである。

もっとも皮相でわかりやすかったのは、これまでことあるごとに言及されてきたように、原子力発電所の「安全神話」なるものが神なき時代の「神話」でしかなく、それも各電力会社やそこに寄生する企業・経済団体、あるいは政府政党やその関係機関、そして御用学者（だけでなく、マスコミ、文化人をふくむ御用人間たち）が結託して持ちあげてきた虚構でしかなかった、というファルスに集約的にあらわれている。これまでは学会だの講座だの研究室だのといったごくごく狭い空間でのみ大きな顔をしていたらしい存在が、本当に大きな顔をしているのだということを、わたしたちはあらゆるメディアで見物することができた。「専門性」が崩壊し、大学なるものがすでに解体しきっていたことを、じつに端的に証明してくれたのである。「専門家」と呼ばれる存在だけが、大地震－大津波－原発事故による危機感とはまったく無縁に、のんべんだらりと、嗤うべき安心、惨憺たる安全を説いていたのだった。まったくこの世は平にして成ではないか。

このように原発事故に集約され、あらわになってきた今回の地震津波原発災害を、近代日本、あるいは資本主義国家日本そのものの問題として考えること。それを、明治、大正の文学表現にさかのぼって考えてみたいというのが、このアンソロジーを編むうえでのモティーフである。

ここに収められた作品は、大きく二つの時代に分けられている。第一部に収録したのは、一八九六年に発生したいわゆる明治三陸沖津波に直接の材をとったものであり、第二部の収録作品の多くは、一九二三年のいわゆる関東大震災のただなかで執筆されたものである。従来、現代文学の起点を関東大震災とみる文学史観が一般的だが、寺田寅彦、森鷗外にはじまり、夢野久作で閉じられる本書の収録作品は、そういう意味ではすべてその「前史」に属するといっていい。これらのほとんどは三陸沖大津波や関東大震災の直後に生じた「災害」の瞬間をとらえたものであって、五年、十年のスパンで災害を振り返って執筆された作品は、寺田寅彦、柳田國男、布施辰治のものなど、二、三を数えるにすぎない。つまり、いずれも短いものではあるけれども、ここに収められた小説、エッセイ、短歌、ルポルタージュといった表現は、のちにやってくる「文学史」の予兆であり、萌芽であり——ということはやはり、すべてがここから生まれたのである。

このような二部構成を採用したのは、「津波」や「地震」といった災害の種別によったから、というわけではないし、「むかしはよかったなぁ」と、遠い目をして現在の危機を過去の一時期に無責任に仮託してしまうエセ浪曼主義でもない。まして、明治や大正などとしばしば天皇の暦を冠されるこれらの天災について書かれた作品を、この現実に便乗して引っ張り出し、それぞれの時代の限界を現代の視点からみてあげつらったり、アリバイのように利用してその不明を嗤ったりするためでもない。「これまで潜在的潜伏的に予感されていたこと」が、いったいどのような時間のなかで、どのようにあらわになるのか、それを現在の視点から振り返って考えてみたいからである。

時間のながれにそくしてみると、一八九六年の段階で、一九二三年の関東大震災を予見することはありえたかもしれないが、二〇一一年の福島原発事故を予見することは、原子力発電という技術を予見しえたかということもふくめて、ありえなかっただろう。人間には、不可知の歴史にたいしてそれほど都合よくふるまえる能力が備わっていない。しかし、つねに「いま」の視点から考えてみるとき、一八九六年の大津波や一九二三年の大震災でなにがどのように起こったか、なにを反省的にとらえる必要があるのかについては、可能なかぎり調べをつけることによって、そこから学ぶことが可能になる。

わたしたちもあるひとつの時間の連なり、「歴史」というもののうえに生きていることはまちがいないのだが、自分に身近な出来事ほど、その瞬間が見えなくなってしまうことがしばしばある。そういう場合、あとになってじわじわと、ぼんやりとその全体像が浮かんでくるようだ。人間のひと世代を優に超えてなお判然としない「事実」も少なくないだろう。わずか六十数年前の「大東亜戦争」やナチスによるユダヤ人絶滅計画、百年足らず前に発生した関東大震災ですら、いまもなお解明されていない論争的な事実が残されているし、この福島原発事故でさえも、その現場で本当のところなにが起きていたのか、そしてそれがいつあきらかになるのかは、われわれの自由になっていない。

たとえば、放射能汚染のない一九九五年の阪神・淡路大震災の場合でも、兵庫県内の復興土地区画整理事業の完了が宣せられたのはその十六年後――くしくもわたしたちが東北・関東大震災の渦中にあった二〇一一年三月二十八日のことだった。いうまでもなく、この阪神・淡路大震災では（想定内なのかどうか）、隣接地域の一基の原子力発電所も全電源が不能になったりはしなかったし、水素爆発もしなければ、放射性物質を吐き出しもしなかった。本当はそういう事実があって、隠蔽されているだけのことかもしれないが、それでも阪神・淡路大震災によって曖昧なものになってしまった「土地」という概念が、所有者や第三者にも明瞭なかたちでふたたび共有されるようになるまで、十六年という短くない歳月が経過しているのである。そのようにしてしか、時間は自由にならないのだ。

だからこそ、これら過去に属するものとなった歴史については、わたしたちが意識的にそれを引き受け、掘り起こしてゆく必要があるのだろう。なぜなら、それが人間の能力であれ、政治権力の発動の結果であれ、しばしばその歴史は隠蔽され、糊塗される方向にしか作動しないからだ。その力にたいして意識的であることによってしか、われわれは歴史にたいして自由でいられないのである。だからこそ、歴史的事実がわれわれ人間のまえにあらわになるその過程、その「時間」を考えてみたいのである。

そう考えてみてもいいのでは、と思った契機をもっと具体的な例でいえば、先の地震や津波が発生した直後のことを、わたし自身がすぐに体感したり理解したりできなかったからである。「まさかこんな惨事になっているとは」という認識は、その夜、福島に建設された原発から電力を供給してもらってテレビの報道番組を観ていた東京都内在住のものにとってさえ、「遅れ」をともなってしか伝わってこなかったし、まったく当事者感覚を欠落したかたちでしか、被災地の危機を認識できなかったのである。もちろん、それがわたし個人の鈍感さによるものであることは理解していても、けっして個人的な感性や身体性の問題だけではないらしいことは、第Ⅱ部に収録した、すくなからぬエッセイや日記からもうかがうことができるだろう。

また、「遅れ」てしか認識できず、看取できなかったこの危機を、まるでなかったかのように糊塗すること、とりわけ福島原発の放射能汚染が現在も収拾に向かうこともないまま継続している状況で「安全」を謳うことを、わたしたち個人の身体性に依拠する認識力の「遅れ」の責任にすることもできない。政府なり与党なり、「安全」を謳う関係諸委員会が、緊急時迅速放射能影響予測ネットワークシステム（SPEEDI）の公表を意図的に操作し、全国各地への放射性物質の拡散を隠蔽することや、あるいは事故の直後に炉心溶融している事実を把握していたにもかかわらず、政府なり電力会社なり御用学者なりがそうではないといい募ってきたことなど、われわれは一方的にそうした情報を受けとることしかできないのだ。そしてこのような時間の恣意的な利用こそ、本質的に資本主義の問題なのだろう。労働者の時間を搾取し、奴隷労働を強いることが資本の根源的蓄積にとって不可欠であるように、生きている人間から時間をいかに強奪するかという「犯罪」こそが資本主義の原理なのである。

今回の福島原発の災害では、いままで予感的に意識されていた数々のことが、ようやくあらわになってきた。――なぜ東京電力の原発が福島に建設されているのか、なぜ日本国家をあげて東電の解体を擁護しなければならないのか、なぜ東電は自社で全責任を負おうとしないのか、なぜ経団連が原発災害に無関心を決め込もうとするのか、なぜそれでも原発を海外へ輸出しなければならないのか、なぜ三菱重工や東芝、日立といった海外侵略企業が原子力産業をになっているのか、といったその他無数の問いにたいする回答をつき詰めればつき詰めるほど、それが本質的に、そして究極的に、資本主義という社会システムの問題であることを知らされるのだ。

だからこそわたしたちには、二〇一一年三月以降の出来事を、「資本主義国家による権力犯罪」と考えてみる必要も生じてくるのだろう。かれら資本主義国家とわたしたちとの関係を、ひとまず隠蔽という「権力犯罪」の「送り手」と「受け手」の関係としてみるとき、「受け手」であるわれわれは、そこに居住し、資本主義を生きているからこそ、加害者たるかれらを徹底的に糾弾し、告発し、罵倒し、転倒させる権利がある。

では、たとえそれが人間という生物の特性であれ、権力犯罪としてであれ、このように生じてしまう「遅れ」を埋め、奪還することは、いかにして可能なのか。人間の生命が問われる場面で、この問題を看過することは可能なのか。それを近代の具体的な歴史のなかで考えること、つまり、「専門性」を解体し、自分たちのものにする作業は、ここではけっして無駄なことではないはずだ。

だから、わたしたちがまず意識的に介入してゆかなければならないのは、この悲惨な現実の構成因子である「過去」である。なぜこのような悲惨を生み出したのか。なぜこのような悲惨と幻滅が、二十一世紀の現在を跋扈することになってしまったのか。——これらの素樸な疑問は、この「遅れ」をともなう権力犯罪を暴き、告発し、解決するためのものである。その共同作業の手がかりを、われわれはここに収録した数々の文章表現のなかに見てゆきたいのである。

2

『理科年表　第八十四冊』(丸善)や『近代日本総合年表　第二版』(岩波書店)などから、近代以降に甚大な被害を出した「災害」の死者・行方不明者の数を列記すると、以下のようになる。

一八九一年　濃尾地震、死者＝七、二七三名。
一八九四年　日清戦争、死者・戦病死者・病死者＝計一三、三一一名。
一八九六年　**明治三陸地震大津波**、死者＝計二一、九五九名。
一九〇四年　日露戦争、死者・戦病死者、病死者＝計一一五、六二二名。
一九二三年　**関東大震災**、死者・行方不明者＝計一〇五、三八五名。
一九三三年　昭和三陸地震、死者・行方不明者＝計三、〇六四名。
二〇一一年　**東北地方太平洋沖地震大津波**、死者・行方不明者数＝計二〇、四五二名（二〇一一年七月二十五日現在）。

『文藝倶樂部臨時増刊 海嘯義捐小説』口絵より。

もちろん、死の量によって、死んだその人間の重みや価値までが量られるわけではない。そんなことは法という詭弁によってのみ重要なのであって、個別具体的なそれぞれ一人ひとりの死は、けっして量数化できるものではない。にもかかわらずこれらの数字をみるとき、明治の三陸大津波や大正の関東大震災が、ほとんどその時代の「戦争」に匹敵する死を量産していたことは一目瞭然だろう。まして、三陸沖一帯は日本国内でも最大の地震多発地帯であって、とくに津波による多くの被害をこの地域は被ってきており、たとえば宮城県では一九三三年の大津波のあとに「海嘯罹災地建築取締規則」を公布施行して、津波被害の可能性のある地区内の建築物を原則として禁止していたという（『河北新報』二〇一一年四月五日付、現在でも効力があるかどうかは「不明」だそうだ）。

では、なぜ東北地方にこんなに多数の原発が設置させられていたのか。そもそも原子力安全委員会が決定した「原子炉立地審査指針およびその適用に関する判断のめやすについて」（一九六四年五月二十七日付）によれば、「大きな事故の誘因となるような事象が過去においてなかったことはもちろんであるが、将来においてもあるとは考えられないこと、また、災害を拡大するような事象も少ないこと」、「原子炉は、その安全防護施設との関連において十分に公衆から離れていること」、「原子炉の敷地は、その周辺も含め、必要に応じ公衆に対して適切な措置を講じうる環境にあること」といった条件が、原子力発電所の立地条件なのだという（詳細については原子力委員会のホームページを参照）。つまり、それでもなお、この地方に原子力発電所を建設しなければならなかったのは、ありていにいえば、この地域が東京に比較的近接しているにもかかわらず、経済的にも停滞した過疎地帯だからであり、東京の（そして日本の）実質的な国内植民地にうってつけだったからである。沖縄に米軍基地が建設されてきた事情も――こちらはアメリカにとって都合がいい条件で――ほぼ同じようなことだろう。

津波災害史研究家の山下文男は、かれの主著である『哀史三陸大津波――歴史の教訓に学ぶ』（元版＝青磁社、一九八二年。新版＝河出書房新社、二〇一一年）のなかで、明治三陸沖大津波の被害のあまりの深刻さが、帝都東京に甚大な厄災をもたらした関東大震災によってかき消され、忘却されてしまったのではないか、ということを繰り返し指摘している。この指摘によって、われわれは当時からすでに首都・地方という構図を前提とする格差、差別が存在していたことを知る。そういう現実を踏まえて、それだからこそ、原子力発電所はあの沿岸に建ちならぶことになったのである。

それらのことを前提として、ここで十九世紀末の表現にふれてみたい。本書の第Ⅰ部に収録した十四篇は、一八九六年六月十五日午後七時三十二分に発生した、マグニチュード八・二超の明治三陸沖地震と、その直後の大津波をモティーフとしている。この大津波の様子については東北・関東大震災との類似性でクロースアップされることになったが、このときも震害はほとんどなく、一部では三八メートルともいわれる巨大な波の壁が沿岸の村落を呑みこんだのだった。ここでは、冒頭の寺田寅彦「津波と人間」、および柳田國男「『遠野物語』より」の二篇をのぞいて、すべて『文藝倶樂部　第二巻第九編臨時増刊　海嘯義捐小説』（一八九六年七月）を底本としている。この臨時増刊号は、三陸大津波の報に接し、博文館の特派員として被災地を訪れた大橋乙羽が、六月二十七、二十八の両日、七月三日を締切として各執筆者に原稿を依頼し、集めた原稿がもとになっている、という（同誌所収「多謝」）。目次に掲載された画家、作家、歌人等々を含む執筆者数はのべ九十七名におよび、樋口一葉、島崎藤村、川上眉山、泉鏡花、内田魯庵、原抱一庵によるヴィクトル・ユーゴーの翻訳をはじめとする現在の文学史に重要な書き手から、いまではもはやここでしか名前を見ることのない書き手まで、壮観ではあるのだが、直接に三

『文藝倶樂部臨時増刊 海嘯義捐小説』（博文館、1986年）書影。

陸大津波を題材としているわけではない少なからぬ作品は、本アンソロジーへの収録を見合わせた。収録を断念したもののなかでは、思案外史（石橋助三郎）が一八九一年の濃尾地震についての体験を寄せており、このときの数少ない体験談のひとつとなっている。以下、収録作品に最小限の解題を附しておきたい。

乙羽大橋又太郎（一八六九―一九〇一）の「火と水（抄）」、および山本才三郎へのインタヴュー「海嘯遭難実況談」の二篇のみは、被災現場を実見したものによるルポルタージュである。この大津波の具体的な様相を知る手がかりとして、貴重な肉声でもあるだろう。大橋乙羽は紀行作家として知られているが、ここでも擬古文を駆使して被災地の凄惨な様子を報道している。いっぽう山本才三郎という語り手の詳細は不明だが、本文によれば、釜石港沖の暗礁を艦船に視認させるための立標が破損したため、現場監督として改修工事に派遣させられた逓信省の技手（判任の技術者）だったという。ややユーモラスに読めるところもあるが、それも死を意識し、天地が反転するほどの体験から生還した人間の安堵として感じられる。

第I部に収録されたこの二篇以外の作品は、すべて作者の創作と思われるが（あるいは聞き書きが含まれているかもしれないが、作者が直接現場へ足を運んで執筆したものではないようだ）、当時の情報と交通のそれが限界だったということができると同時に、それがこの災害にたいする作者たちの関心の限界だった、ともいえるだろう。

花袋田山録彌（一八七二―一九三〇）の「一夜のうれい」、そして春葉柳川専之《つらゆき》（一八七七―一九一八）の「神の裁判」は、日清戦争を上回る二万人余の大量死を生み出した災害にたいして、当時の文学青年たちがどのように自己の死と向き合ったか、かれらにとって死はどのようにとらえられていたのかを伝えてくれるエッセイである。花袋の作品はとくに三陸大津波に言及したものではないが、いかにもバタくさい文

『文藝倶樂部臨時増刊　海嘯義捐小説』口絵、小林清親画。

体のなかに、この作者がのちに『時は過ぎ行く』（一九一六）や「一兵卒の銃殺」（一九一七）、あるいは『残雪』（同）といった長短の作品で描き出してゆくことになる社会と人間の内面との相剋をみることができるので、あえて収録した。

以下の二作品は、大津波による災害を、いわば素材主義的に扱っているといえる。風葉小栗磯夫（一八七五―一九二六）による「片男波」は、しばしば社会的底辺におかれた男女の三角関係や痴情のもつれを描いた作者によるそうした傾向のもののひとつで、津波が男女の関係を決定づけることになっている。「破靴」を執筆した藪鶯山岸覺太郎（一八六七―一九三七）は、現在では忘却されているものの、ユニークな作家だった。少壮期にアメリカ合衆国へ留学し、帰国後に硯友社系の『東京文学』を創刊。当時の総合誌『太陽』にルポルタージュやデュマの翻訳などを寄稿しているが、比較的よく知られているのは、前年（一八九五年）に刊行した翻訳『空中軍艦』（D・フォウセット原作）だろう。アナーキストが空中軍艦を建設してロンドンを空爆する、という荒唐無稽な作品だが、近年、日本でも押川春浪以降のＳＦ小説の濫觴として言及されることが多くなってきた。本作にも「社会党員」の姿が描かれているように、これがあるいはこの時期の作者の傾向だったのかもしれない。実生活では大倉喜八郎の懐刀として製靴製革産業で実業家の腕をふるい、一九〇二年には日本製靴株式会社（現リーガルコーポレーション）社長となっている。『日本浪曼派』の詩人で文芸評論家の山岸外史の父親でもある。

「やまと健男」「櫂の雫」「電報」は、いずれも女性の手になるものだが、偶然かどうか、いまだその記憶に新しかったはずの日清戦争（一八九四―九五）と関係づけて描かれていることに注目しておきたい。ほかの男性作家たちが、やれ「死とはなにか」だとか、やれ「痴情のもつれ」だとかを描いていたときに、かの女たちは「男による戦争」へのもどかしさを表明しているようにすら読めるのだ。依田学海の末娘である依田柳枝子にせよ、歌人の佐佐木信綱の妻である佐佐木雪子（一八七四―一九四八）にせよ、あるいは在野の国粋主義者として知られる三宅雪嶺の妻、三宅花圃（旧姓田邊、一八六九―一九四三）にせよ、程度の差はあれ、いまここに書きつけたように、かの女たちの名はもっぱら男の属性（「妻を娶らば才長けて」の典型）としてしか言及されてこなかった。文筆家としてはほとんど無名のままで生を終えたかの女たちの表現を、ぜひここで味読してほしい。とりわけ一葉とならび称された三宅花圃の文体は、この時代の日本語表現の可能性を実感させてくれる。現在では擬古文も翻訳が必要なのかもしれないとはいえ、繰り返し読むことによって、ページから意味が浮かび上がってくるようになるはずである。

緑雨齋藤賢（一八六八―一九〇四）の「のこり物」、そして秋聲徳田末雄（一八七二―一九四三）の「厄払い」は、現在に通じる「義捐」の欺瞞を皮肉まじりに語って痛快である。被災の現場にとって、「義捐」やボランティアの重要性は、何度強調してもその価値が減じることはないのだが、秋聲のリアリズムは晩年に通じるものを感じるし、この三陸大津波に先立つ濃尾地震の際にも義捐小説の依頼を敢然と拒否していた緑雨の姿勢もまた、だれもが「がんばろうニッポン」を連呼する現在にあって、ブレることがない。

柳田國男（一八七五―一九六二）の『遠野物語』からは「九十九」を採録したが、ここでは初版『遠野物語』（佐々木鏡石述、柳田國男著・発行、一九一〇年六月）を底本とした。

時系列でいえばもっとも後に書かれたことになる寺田寅彦（一八七八―一九三五）の「津波と人間」を冒頭に配したのは、「遅れ」の権力犯罪という本書のコンセプトにもっともふさわしい内容を備えているからである。初出は『鉄塔』一九三三年五月号だが、すぐに閲読することが能わなかったため、編者の手許にあった『蒸発皿』（一九三三年十二月、岩波書店、吉村冬彦名義）を底本とした。一九三三年三月のいわゆる「昭和三陸沖津波」に際会して執筆されたものだが、満洲事変の直後という「非常時」を背景に明治の津波災害をふりかえった、貴重な証言だろう。と同時に、ここには「震災ナショナリズム」の正体もまた、はっきりと示されているのである。

3

第I部に「問答のうた」を収録した鷗外森林太郎は、幕末の文久二年（一八六二年）に生まれている。明治中期から大正中期にかけて旺盛に活動したが、一九二二年七月に歿しているので、遅れることわずか十四カ月で、一九二三

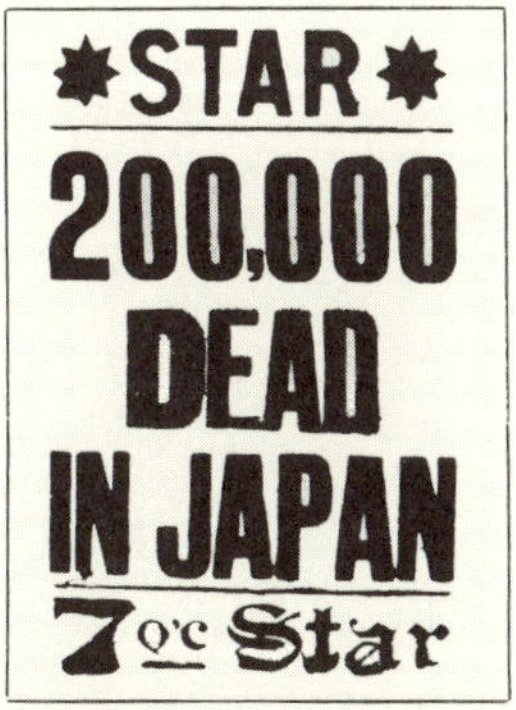

関東大震災を報じる『スター』紙のポスター（ロンドン、1923年9月3日、『世界の目に映じた日本震災論集』より）

年九月一日に発生した関東大震災を経験することがなかった。村山知義のような新しい表現者が、鷗外の死に先立つ六カ月前に渡欧し、ドイツで表現主義やダダイズム、構成派の表現を満身にあびて一年後に帰国することを考えると、この一時期が日本の現代文化の濫觴にあたることは、あらためて指摘しておいてよいだろう。

ところで関東大震災は、近代日本の資本主義経済が直面した、はじめての大きな危機だった。当時の国家予算のほぼ三倍にあたる四十五億円強の損害を出したとされるが、これだけの金額をどう捻出するかが喫緊の問題となった。そしてその行く手には、なにが待っていたのか?

ざっと追ってみると、震災によって支払い不可能となった手形を「震災手形」というが、まず関東大震災以前に被災地で発行されていた手形については、モラトリアムや法令などによって日本銀行が再割引し、日銀の損失は政府が一億円まで補償することによって、経済活動の停滞を防止しようとした。震災手形として再割引した手形の支払い期限は二カ年だったが、それでも間に合わず、一年間延長したものの結果的に震災前の不況と復興景気の相殺によって復興手形が不良債権化してしまう。これが一九二七年の昭和金融恐慌の遠因となるのである。二九年にはじまる世界恐慌のあおりを受け、なお深刻化するこの不況を打開するための一方策が、一九三一年九月の満洲事変であり、翌年三月の満洲国建国だった。寺田寅彦が言及していた三三年三月の昭和三陸地震は、飢饉、冷害にあえいでいた東北地方の不況にさらに拍車をかけることとなって、——このようにみてくると、いわゆる十五年戦争の萌芽は、関東大震災直後にはじまる復興計画と東北地方の壊滅的な不況のなかに、すでに芽生えていたのである。

いま、歴史の後方からみてこのように整理することは容易だが、果たして壊滅的な都市の復興に、あるいは農村不況の渦中からの脱出に全力を尽くしていたその現場にいたひとたちに、このような歴史の流れが理解されていただろうか。やはり歴史は「遅れ」てしか伝わってこないものなのではないか。そして現代文学というものが震災をめぐる表現のなかに萌芽的に生まれつつあったとすれば、それは帝都－東北一帯のこの一連の経済活動の過程と軌を一にしてしか、生まれてこなかったのではないか。

では、二〇一一年の東北・関東大震災の現在はどうか。報道によれば、今回の被害総額は、政府の試算で十六兆円と見込まれているという。これには福島原発による放射線災害は含まれず、建築物や住宅、いわゆるライフラインや公共施設の復旧にかかる費用だけで、阪神・淡路大震災の十兆円を大きく上回っている。もっぱら自民党の旧悪を免罪するためだけに成立した原発賠償支援法によって、どこまで国家予算から拠出されるのかは不透明だが、今後の復興政策のなかで増税はむろん、無担保融資などの救済措置がとられると、日本銀行は赤字国債を発行するしか資金を捻出する手立てをもたないだろうし、いずれそれらは膨大な不良債権と化すだろう。統計資料をみると、二〇一〇年の国内総生産は四八〇兆円、国債発行額はその倍の九〇〇兆円という決定的な財政赤字をしめしている。当時と現在を重ね合わせて考える必要はまったく感じないにせよ、これではいつかきた道なのではないか、という思いを禁じ得ないし、この時代の近い将来がいったいどうなるのかについては、未来も展望も感じられないのである。

1923年9月の関東大震災

阪神・淡路大震災の復興土地区画整理事業が完了するのに十六年かかっていることを考えると、原発事故も含めた恒常的な復興事業は、文字通り「世紀のプロジェクト」となるのだろう。すでにアメリカ経済は債務不履行の危機が伝えられ、円高が進行している。今回の震災の復興計画のなかに、なにかが萌芽的に生まれつつあるのかないのか。あるとすれば、それはなんなのだろうか。いま、わたしたちが眼を凝らし、耳をすませて追わなければならない事態は、もはや八十年前の遠い過去の出来事ではありえないのである。

明治三陸大津波についての作家たちの証言が、ほとんど『文藝倶樂部臨時増刊　海嘯義捐小説』に集中していたのに較べると、すでにジャーナリズムが飛躍的に発達していた一九二〇年代初頭の関東大震災をめぐる発言は、もう枚挙にいとまがないほどである。当時刊行されたあらゆる媒体が震災について語り、その後も現在にいたるまでのほぼ百年にわたって、継続的に語られ続けてきているのである。

関東大震災の惨状

　実際、震災や火災、津波にとどまらず、思いつくままに列挙してみただけでも、軍、警察、民間人による朝鮮人の大量虐殺、大杉榮夫妻およびその甥の虐殺、平澤計七ら社会主義者たちを虐殺した亀戸事件、中国人留学生の王希天虐殺事件、朴烈と金子文子の検束および死刑判決、さらに難波大助による摂政宮裕仁狙撃事件にいたるまで、それぞれが関連しつつ輻輳した無数の暴力と死に支配されている。事の真相がいまもって漆黒の闇におおわれている事件も少なくない。この小著でこれらすべてをフォローすることは困難である以上、ここで関東大震災の全体を網羅しようという考えは断念せざるをえなかった。

そのため、本書に収録できたものは全体のごくわずかでしかないが、可能なかぎりそれぞれの表現者たちの震災直後のアクションに焦点をあてて、震災の共有を試みることにした。かれらにとってもまた「遅れ」があったとすれば、それはどのように克服され、もしくは敷衍されたのか。ここに蒐められた諸篇を、こんどは本書を離れて各表現者たちのその後の歴史のなかに置いてみるとき、「なにか」がいっそう如実に浮かびあがってくるような作品を意識的に選択し、配列したつもりである。また、壺井繁治（一八九七—一九七五）の「十五円五十銭」や越中谷利一（一九〇一—七〇）の「一兵卒の震災手記」、金子文子（一九〇三—二六）の公判調書など、それぞれ非常に重要な表現ではあるものの、これまで比較的種々の刊本に収録されてきたものは見合わせることにした。ここでも読者が自由に読んでくださることを願って、最小限の解題だけを以下に示しておきたい。

『改造』1923年10月号（大震災号）

本書のタイトルともなった與謝野晶子（一八七八—一九四二）の「天変動く」、浪六村上信《まこと》（一八六五—一九四四）の「震災後の感想」は、こういう言い方は語弊があるかもしれないが、いわばオールド・ウェイヴが未曾有の震災に際会してアウトプットした例として収めた。これらはいずれも大日本雄辯會講談社が刊行した『大正大震災大火災』(一九二三年十月)に収録されているが、この書籍については、『震災畫報』(一九二三年十月〜二四年二月)から本書に転載した宮武外骨(一八六七—一九五五)のエッセイの一篇で、口をきわめて批判されている通りである。浪六の叙述のうち、「山の手」の「華族とか富豪とかいう、平生には威張りぬいた」ものへの批判は痛烈でありながら、国家権力や天皇制の権勢をその背後にちらつかせる姿勢には、自警団のふりかざす正義、庶民による自然発生的な暴力と同質なものが感じられる。

近松秋江(徳田浩司、一八七六—一九四四)、室生犀星(一八八九—一九六二)、久米正雄(一八九一—一九五二)、芥川龍之介(一八九二—一九二七)、菊池寛(一八八八—一九四八)、野上彌生子(一八八五—一九八五)、藤澤清造(一八八九—一九三二)、佐藤春夫(一八九二—一九六四)の各作品は、同年の『改造』十月号所収「大震災に遭遇して」から採録した。この特集には、ほかに宇野浩二、有島生馬、倉田百三、小川未明、武者小路實篤らが執筆している。

近松の「天災に非ず天譴と思え」の説くところは、戦争によって成り上がってきた近代日本の傲慢が天罰を受けたというもので、おなじ天譴論でも「我欲を洗い流すための天罰」という意味のぼんやりした発言をした二〇一一年現在の東京都知事よりは(その正邪はべつとすれば)説得力がある。「堅忍不抜の倹勤貯蓄を第一モットーとして、日本国民は今後いくら少くとも十年間は辛抱せねばなるまい」という結語は、その二十年後にリアリティをもって響くことになるだろう——現在また同じことが繰り返されているが。伏字にはなっているものの、芥川龍之介の文中に見える菊池寛との対話には注目しておきたい。自警団員の昂奮を伝える長田幹彦(一八八七—一九六四)の短篇「夜警」(『大地は震う』所収、春陽堂、一九二三年十二月)が描き出しているように、「善良な市民」たるには「兎に角苦心を要するもの」なのである。

竹久夢二「銀座竹川町」(『改造』1923 年 10 月号より。現在の銀座 7 丁目)

関東大震災にともなう少なくない惨劇の舞台が軍や警察権力の中枢にあったことを考えると、葉山嘉樹（一八九四―一九四五）や、弁護士であり活動家であり啓蒙家としても数々の著作を残した布施辰治（一八八〇―一九五三）の証言は、いっそう重みを増す。一九二三年六月の第一次共産党事件で検挙され、獄中にいたがために九死に一生を得たといわれる堺利彦については、ゴンチャロフやメレジコーフスキイの翻訳で知られる山内封介（一八八八―一九四四）が「鮮人事件、大杉事件の露国に於ける輿論」（茂森唯士編『世界の目に映じた日本震災論集』所収、一九二四年三月、日本評論社）で述べているように、遠くソ連にまでその死が誤報されたという。布施の「その夜の刑務所訪問」（『十一時五十八分――懸賞震災實話』一九三〇年三月、東京朝日新聞社）には、震災当日の堺や徳田球一をはじめとする被告たちの姿が活写されている。また、その同じ日、堺たちの検挙と符節をあわせるようにして名古屋市内で検挙され、名古屋刑務所に収監中だった活動家の葉山嘉樹は、震災当日の日記をもとに「牢獄の半日」（『文藝戦線』一九二四年十月）、「淫売婦」『海に生くる人々』を執筆することによって、プロレタリア文学を代表する作家として鮮烈にデヴュウすることになる。

藤澤清造の「われ地獄路をめぐる」には、震災のもっとも凄惨な現場のひとつとされる吉原の女性たちの、目も覆わんばかりの姿がなまなましく描かれているが、雑誌『文章倶樂部』一九二三年十月号《凶災の印象／東京の回想》に掲載された水守龜之助の「不安と騒擾と影響と」や、あるいは細田民樹の「運命の醜さ」は、もはや糊塗しようもない朝鮮人虐殺現場をはっきりつづっている。なお、同誌はこれらの表現のために回収となり、その直後に当該箇所を伏字にした「改訂版」が発行されることになったのだった。

女性向けの雑誌『婦人公論』十一・十二月合併号は、この時期に刊行されたさまざまな雑誌の震災特集号のなかでも、たんに著名作家に依存するだけではない充実した印象をもったが、そこから本書には、外交官でエッセイストの柳澤健（一八八九―一九五三）による「同胞と非同胞――二つの罹災実話から」、おおよび中西伊之助（一八八七―一九五八）の「朝鮮人のために弁ず」、そして廣津和郎（一八九一―一九六八）の「甘粕は複数か」の三篇を選んだ。圧倒的な暴力をまえに、たとえ建て前であっても正論を語ることすら困難な空気のなか、それにおびえることなく本音を語っているこれらのエッセイに、わたしは重きをおきたい。今回は割愛したが、同誌には（大杉ではなく）伊藤野枝の追悼特集が掲載されている、ということも指摘しておく。

プロレタリア文学もまたこの震災直後から明瞭な輪郭を描きはじめることになるが、その先駆けとなった雑誌『種蒔く人』については、今回あらためて全巻を通読してその重要性を再認識したこともあり、実質的な終刊号として刊行された『種蒔き雑記』（一九二四年一月）から「平沢君の靴」を、そして震災直後に印刷頒布された『種蒔く人　帝都震災号外』の一文の一篇を抜粋した。いずれも初出では無署名だが、現在では小牧近江や金子洋文ら当事者の回想録から、前者は金子洋文（一八九三―一九八五）、後者は今野賢三（一八九三―一九六九）の執筆だったことが判明している。この雑誌も東北の秋田県土崎港から発信されたのだった。

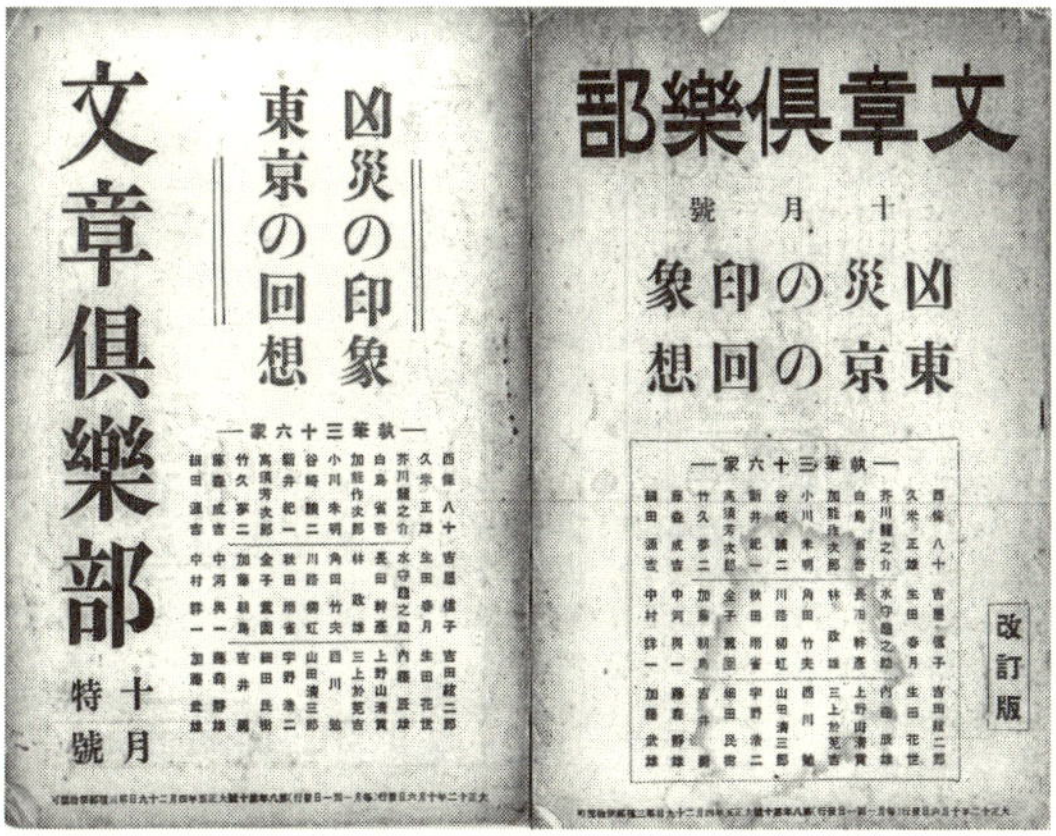

『文章倶樂部』1923年10月特号《凶災の印象 東京の回想》とその改訂版

夢野久作（杉山泰道、一八八九―一九三六）が、この関東大震災をめぐってもっとも膨大な著作を残したひとりであることはあきらかだ。その成果である「東京人の堕落時代」や「街頭から見た新東京の裏面」については、現在文庫で容易に手にすることができるのだが、ここではそのエッセンスともいうべき「一年後の東京」を収録した（初出は一九二四年九月十一日付『九州日報』とのことだが、一九七九年二月に刊行された西原和海編『東京人の堕落時代　夢野久作著作集2』を底本とした）。夢野久作が活写しているように、自動車産業に象徴されるアメリカニズムの積極的な導入によって帝都が復興をなしとげたとして、しかし、現在のわたしたちが求めている、あるいは「がんばろうニッポン」の連呼によって偽造されようとしている社会は、程度の差はあれ、ここで久作が描いているような繁栄のことなのだろうか？　一九八〇年代後半の、いわゆるバブル時代の再現を夢見るような豊かさのことなのだろうか？

二〇一一年三月十一日の今回の震災について、ごくごく当初の報道を見ていて印象に残っているのは、福島原発に近接する、ある市長へのインタヴューだった。かれが語るのには、「二〇キロメートル離れた地域は確実に安心だからそこへ退避してくれ」と政府に指示されたが、高齢者が多いために慎重を期して迷ったあげく、「苦渋の決断」で市を挙げて移転を決断した。その移転先に救援物資が到着するとの連絡が入ったので、いざ受け取りにいこうとしたら、物資を運んできたドライバーは「そこまでは行けないから三〇キロ地点まで取りにきてくれ」という。「安全だというから移転してきたのに、ここまで物資を運んでくれないのか？」「いや、そうはいっても……」というやりとりを、かれは絶望的に、呻くように語っていたのだった。この両者のあいだにあるわずか一〇キロの、しかし埋めようもなく広大な距離と時間とは、いったいなんなのか？　これは豊かさなどではけっしてない。これこそ言葉の文字通りの意味で非／反人間的行為なのであり、「差別」というものではないのか。原子力発電は、電力資本と雇用関係にある最底辺の労働者だけでなく、地域住民をも「原発ジプシー」化する構造を生産しているのであり、そのためだけにでも、原発には反対しなければならないのだ。

東北地方の近代を生きてきた人びとにとっては、明治三陸大津波で壊滅的な被害を受け、二十七年後の関東大震災では帝都復興と繁栄のしわよせに直面して疲弊し、関東大震災からさらに十年を経た一九三三年の昭和三陸大津波では「窮乏」のどん底にあって町や村を大波にさらわれ、そして支那事変、大東亜戦争の勃発とともにその故郷を捨てることでしか、いま現在のニッポンはありえなかった。そうまでして守らなければならない「国」とはなんだろうか？　豊かさや文明とはなんだろうか？　なぜわたしたちはもっと自由ではあり得ないのだろうか。原子力工学者の小出裕章がしばしば語る「たかが電気ではありませんか」ということとは、確実にこの自由度を広げているように、わたしには思われてならない。

関東大震災で福島第一原発での事故は、人類史上かつてない規模で開始された「権力犯罪」であり、これ以上この事故を放置することは、一種の内戦とさえいえる。原子力爆弾を落とすことと同じことを、東電、政府、およびその他の御用機関とその協力者たちは支持し、黙視し、慫慂しているのである。この小さなアンソロジーも、そうした現実にたいする圧倒的な幻滅なしには企画されなかった。その意味で、本来であれば、存在してはならなかった本に過ぎない。しかし、こうして一巻を通読してみてあらためて思うのは、だからこそ、われわれがいまここに見出さねばならないのは、真に絶望的な幻滅のなかにすら射し込んでくる一条の光明であり、希望なのだ、という思いだ。

とはいえ、その希望とは、寺田寅彦のいう「「愛国」の精神」や、『種蒔く人』がその号外に冠した「帝都」のような語彙でも、あるいは村上浪六のように、当時の摂政宮裕仁が口にした玄米で恐懼するような心性などでもありえない。それは、近代の開始と同時に夢見られながらも、いまだ一度も実現することのなかった社会－人間－自然関係総体の変革のことであり、その現実化のことなのである。たとえそれが「遅れ」をともなったものでしかありえないのだとすれば、われわれはその「時差」をも自分たちのものにしてゆけばいいのだから。

*

さきに《インパクト選書》の第四巻として刊行された『俗臭――織田作之助［初出］作品集』に続いて本書が企画されたのは、インパクト出版会の深田卓さんとその本の打ち合わせをしているときのことだった。いざゴーサインが出ると、収録作品の選択と配列、そして解説の執筆にいたるまで、編者たる私はきわめて優柔不断ぶりを発揮してしまい、かくも刊行を遅延させてしまったにもかかわらず、深田さんは最後までこの共同作業を支えてくださった。本音でこころからの御礼を申しあげたい。また、今回もテクストの入力に永井迅さん、校正に国分葉子さんのお力添えをいただき、非常に助けられた。そのうえで不備があるとすれば編者の責任であることはいうまでもない。

最後になったが、本書への収録を快諾してくださった著作権継承者各位、ならびに有形無形にサジェスションをいただいた栗原幸夫さん、葩島亘さん、下平尾久美子さん、そしてあまりにも編者を魅了してやまず、とうとう今回のカヴァー図版への使用をおゆるしいただいた銅版画の作者、下地秋緒さんとご遺族のかたがた、以上のみなさんのご厚意にも、ここに感謝の気持ちをお伝えさせていただきたい。

わたし自身は、「百万人のひとり」としての反原発デモに加わることをしていないが、「百万人にひとり」にしかできないこともある、との一念で本書を編んだ。微力なものだろうし、なんの役にも立たないかもしれないけれども、このアンソロジーが、こころざしを共有する未知の友人たちのアクションの、かすかな一助となることを願っている。

二〇一一年八月

悪麗之介（あくれいのすけ）
1968年1月1日生まれ
京都大学大学院人間・環境学研究科博士課程満期退学
現在は編集者。「文学史を読みかえる」研究会会員
編著書に『俗臭――織田作之助［初出］作品集』（2011年、インパクト出版会）
ブログ :http://blog.livedoor.jp/naovalis68/
http://naovalis.blog.shinobi.jp/

天変動く　大震災と作家たち

2011年9月11日　第1刷発行
編解説　悪　麗之介
発行人　深田　卓
装幀者　藤原邦久
発　行　インパクト出版会
〒113-0033　東京都文京区本郷2-5-11　服部ビル2F
Tel 03-3818-7576　Fax 03-3818-8676
E-mail：impact@jca.apc.org
http:www.jca.apc.org/˜impact/
郵便振替　00110-9-83148

モリモト印刷

逆徒—「大逆事件」の文学

池田浩士 編・解説　四六判並製 304 頁　2800 円十税
10 年 8 月発行　ISBN 978-4-7554-0205-0　装幀・藤原邦久

インパクト選書 1「大逆事件」に関連する文学表現のうち、「事件」の本質に迫るうえで重要と思われる諸作品の画期的なアンソロジー。内山愚童　幸徳秋水　管野須賀子　永井荷風　森鴎外　石川啄木　正宗白鳥　徳富蘆花　内田魯庵　佐藤春夫　与謝野寛　大塚甲山　阿部肖三　平出修

蘇らぬ朝—「大逆事件」以後の文学

池田浩士 編・解説　四六判並製 324 頁　2800 円十税
10 年 12 月発行　ISBN 978-4-7554-0206-7　装幀・藤原邦久

インパクト選書 2「大逆事件」以後の歴史のなかで生み出された文学表現のうちから「事件」の翳をとりわけ色濃く映し出している諸作品を選んだアンソロジー。大杉榮　荒畑寒村　田山花袋　佐藤春夫　永井荷風　武藤直治　池雪蕾　今村力三郎　沖野岩三郎　尾崎士郎　宮武外骨　石川三四郎　中野重治　佐藤春夫　近藤真柄

私は前科者である

橘外男 著　野崎六助 解説　四六判並製 200 頁　2000 円十税
10 年 11 月発行　ISBN 978-4-7554-0209-8　装幀・藤原邦久

インパクト選書 3　橘外男の自伝小説の最高傑作。その表題のせいか封印された作品を没後 50 年にして初めて復刊。1910 年代、刑務所出所後、東京の最底辺を這いまわり、割烹屋の三助、出前持ち、植木屋の臨時人夫などの労働現場を流浪する。彼が描く風景の無惨さは、現代風に「プレカリアート文学」と呼べるだろう。

俗臭　織田作之助［初出］作品集

織田作之助著 悪麗之介編・解説　四六判並製 270 頁 2800 円十税
11 年 5 月発行　ISBN978-4-7554-0215-9　装幀・藤原邦久

インパクト選書 4　織田作之助は「夫婦善哉」だけではない！
　作家の実像をまったく新しく読みかえる、蔵出し「初出」ヴァージョン、ついに登場。「雨」「俗臭」「放浪」「わが町」「四つの都」すべて単行本未収載版。

インパクト出版会